HARALD DARER

WER MIT HUNDEN SCHLÄFT

Grafische Gestaltung: Dorothea Löcker, Wien
Umschlagabbildung: © Andreas Reeg/VISUM creative
Druck und Verarbeitung:
Druckerei Theiss GmbH, St. Stefan im Lavanttal
ISBN 978-3-85452-693-3

Informationen über das aktuelle Programm
des Picus Verlags und Veranstaltungen unter
www.picus.at

HARALD DARER

WER MIT HUNDEN SCHLÄFT

ROMAN

PICUS VERLAG WIEN

Der Grundsatz, nach dem ich entscheide ist: Die Schuld ist immer zweifellos.

Franz Kafka,
In der Strafkolonie

I

Wie jeden Freitag sitzt der Herr Norbert bei seiner vom Gericht verordneten Therapiesitzung im kleinen Therapieraum der ihm zugewiesenen Männerberatungsstelle auf dem abgewetzten Drehsessel. Ihm gegenüber lehnt sein Lebensberater schief in einem für diese Therapieräume typischen schwarzen Ledersofa und kaut an der Spitze eines Kugelschreibers herum. »Kreisky, sag ich zu meinem Hund, geht doch alle scheißen, hab ich mir seinerzeit beim Abschied gedacht, wirklich wahr«, sagt der Herr Norbert.

Seine Mutter hat den Herrn Norbert weggegeben, als er noch ein Bub war. Setzte ihren lieben kleinen Norli, wie sie ihn nannte, mit ihrer Hand seine Haare zerwühlend, am Bahnhof von Pichlberg in den Regionalzug nach Mürzzuschlag, von wo aus er den Zug nach Wien nehmen musste. Zum Anlass der Abschiebung des kleinen Norli durch die Mutter in das Arnautovič Kinderheim der Stadt Wien war er von ihr in das üblicherweise nur zu feierlichen Anlässen zu tragende Gewand gezwungen worden. Ein Kindersteireranzug war es, wie seine Mutter das Gewand nannte. Ein Anzug, den man Kindern anzieht, damit sie aussehen wie kleine Erwachsene. Aussehen wie ausgewachsene Menschen, denen man Erwachsenenangelegenheiten zutraut, die aber in Wirklichkeit noch Minderjährige sind. Hauptbestandteil dieses Kindersteireranzugs des Norbert war ein hellblauer Walkjanker. Diesen hellblauen Walkjanker hat der Norbert schon aufgrund seiner rauen, jedes blanke Hautstück irritierenden und aufwetzenden Oberflächenbeschaffenheit immer schon gehasst. Vor keinem Gewand hat ihm mehr gegraust als vor diesem körperfeindlichen Walkjanker, weshalb ihm somit auch jeder dazugehörende feierliche Anlass ein Graus war. Leider stand gerade dieses Kleidungsstück, beziehungsweise das Gewand aus gewalktem Material im Generellen, bei den Pichlbergern immer an oberster Stelle, bei der Beliebtheit jetzt. Kein Pichlberger ohne seinen Walkjanker!, hat der Leitenbauer immer ausgerufen, jener Leitenbauer, bei dem die Mutter des Norbert als Landarbeiterin, als Dirn also, wie diese im Volksmund heutzutage immer noch heißen, angestellt war. Als Leitenbauerdirn war sie auch nur bei den Leuten in Pichlberg bekannt. Die Leitenbauerdirn mit ihrem unehelichen Bankert, womit sie den Norbert gemeint haben, von Anfang an. So wie sie auch den Leitenbauer nur als Leitenbauer bezeichnet haben, weil das, wie in der Steiermark üblich, sein Hofname, sein Vulgoname also, war.

Und das deshalb, weil der Leitenbauerhof am Ende eines großflächigen Hanges, eben dieser Leiten, lag. Hat man über ihn und seine Familie gesprochen, ist immer über den Leitenbauer, über die Leitenbauerischen geredet worden. Haben sie vom Norbert und seiner Mutter geredet, hat es immer die Leitenbauerdirn und ihr Bankert geheißen. Die Frau des Leitenbauer hieß Leitenbauerin. Nicht Leitenbäuerin, wie man es vielleicht hätte glauben mögen, sondern Leitenbauerin. Vom Moment der Heirat an ist sie zur Leitenbauerin geworden. Die Eheschließung hat blitzartig das Individuelle in ihr zerstört. Der Leitenbauer und die Leitenbauerin haben sich vereinigt, nicht nur kirchlich jetzt, sondern auch geistig und vom Ausschauen her. Die Leitenbauerin ist zum Leitenbauer ohne Schnurrbart, dafür mit Brüsten, geworden. Diese Brüste, deren palatschinkenartige Konturen durch den Dirndlstoff sichtbar wurden, quetschte sie meistens in ein viel zu enges Dirndlkleid. Der Leitenbauer hat die Leitenbauerin von der attraktiven Frau zum Arbeitstier gemacht, zum Muli, wie er sie auch nannte. Ist das Fressen schon fertig, du Muli, hat der Leitenbauer nicht nur einmal zu ihr gesagt und ihr die Wange getätschelt dabei, so fest oder so locker, dass es gerade noch als Tätscheln durchging und kein Fotzen war. Seiner Meinung nach ist der Norbert am Leitenbauerhof als uneheliches Kind der Dirn von den Leitenbauerischen immer nur geduldet gewesen, nie erwünscht. Als eben dieser Bankert benannt, hatte der Norbert von Anfang an kein schönes Leben am Leitenbauerhof, wie er immer sagt. Und als ihn dann die Mutter in das besagte Arnautovič Kinderheim gegeben, ihr eigenes Kind weggegeben hat, wie ihr die Pichlberger hinterrücks immer vorhielten, ohne die wahren Hintergründe zu kennen, die haben sie nicht interessiert, hat ihn das in der momentanen Situation nicht in diesem tragischen Maße getroffen, wie man hätte meinen können. Viel mehr getroffen hat ihn der aufgezwungene Kindersteireranzug mit dem hellblauen Walkjanker als dessen Hauptbestandteil. Die hellblaue Farbe war zu den marternden Eigenschaften des Walkstoffs nur noch das Tüpfelchen auf dem i, wie man so schön sagt. Der unter den Eltern also äußerst beliebte und vom Norbert am meisten gehasste Kinderwalkjanker wurde aus unbekannten Gründen lediglich in zwei Farben hergestellt. Nämlich in rot und in hellblau. Der Norbert war der Ansicht, wenn schon einen Walkjanker, dann einen schönen roten. Aus einem weiteren unbekannten Grund durften aber die roten Walkjanker alleinig die Mädchen tragen. Kein Elternteil wäre je auf die absolut absurde Idee gekommen, seiner Tochter einen hellblauen oder seinem Sohn einen roten Walkjanker zu schenken, weil der Walkjanker immer von den Eltern oder Verwandten meist zu einem traditionellen Anlass geschenkt wurde. Niemals wurde je ein steirisches Kind mit einem Glied mit einem roten oder je ein steirisches Kind mit einer Scheide mit einem hellblauen Walkjanker gesichtet. So ist auch der Norbert an diesem für ihn bedeutungsvollen, ja schicksalsträchtigen Tag, wie solche Ereignisse genannt werden, nicht in einem roten, sondern traditionellerweise in einem hellblauen Walkjanker auf dem Bahnsteig in Pichlberg gestanden und hat sich, auf den Regionalzug nach Mürzzuschlag wartend, vielmehr über das Tragen des hellblauen Walkjankers als über die Tatsache, von seiner Mutter weggegeben zu werden, aufgeregt. Ganz im Gegensatz zu seiner Mutter, die sich dem Anlass entsprechend quasi die Augen ausweinte. EINSZWEIDREI IM SAUSESCHRITT, hat die Mutter gesagt zwischen dem Schluchzen, LÄUFT DIE ZEIT et cetera, und hat die Aufregung des Norbert über den Walkjanker im Zuge eines so dramatischen Ereignisses, wie es eine Kindsweggabe ohne Zweifel ist, überhaupt nicht verstanden, verständlicherweise. Insgeheim hatte sich der Norbert schon Wochen vor der Abreise auf die Zugfahrt gefreut. Jahrelang hatte er die Züge bei der Ein- und Abfahrt beobachtet, wünschte sich immer in einem der Waggons zu sitzen, um in die Stadt zu fahren, wo es keine Bäume, keine Wiesen, keine Kühe und Schweine und Steireranzüge gab, geschweige denn Kindersteireranzüge, anstatt wieder zurück zum Leitenbauerhof zu gehen. Während die Mutter auf dem Boden kniend, ihr Gesicht fest an die Brust des Norbert gedrückt, in dessen Walkjanker hineinweinte und den Verlust ihres Kindes kaum verkraftete, sind die Wangerln des Norbert vor lauter Aufregung wegen der bevorstehenden Zugfahrt und der Flucht vom Leitenbauerhof und Pichlberg im Allgemeinen, ganz rot angelaufen. Geht doch alle scheißen, hat sich der Norbert gedacht.

Außer an den Freitagen, an denen er sich laut gerichtlicher Weisung bei besagter Männerberatungsstelle einzufinden hat, sitzt der Herr Norbert jeden Morgen an seinem Frühstückstisch und kaut langsam und gemütlich an einem Butterkipferl. Früher hat er es sich ja immer hineinstopfen müssen, um rechtzeitig in der Arbeit zu sein, aber der Stress, pünktlich in die Arbeit kommen zu müssen, fällt ja jetzt weg, und deshalb kaut er sein Butterkipferl nicht völlig automatisiert, sondern denkt beim Kauen ganz bewusst daran, gerade ein Butterkipferl zu kauen. Vor drei Monaten hat der Herr Norbert von der Wiener Linien Gmbh & Co KG, die sein langjähriger Arbeitgeber gewesen ist, einen blauen Brief erhalten, wie die bei Arbeitern und Angestellten gefürchteten Entlassungsschreiben heißen. Darin ist der Herr Norbert zum Zwecke seiner Genesung temporär beurlaubt worden, wie sich die Führung der Wiener Linien Gmbh & Co KG ausgedrückt hat damals. Bis zu Ihrer Genesung und der Aufklärung der Ursachen, die zu dem bedauernswerten Zwischenfall geführt haben, hat die Führung erklärt und den Herrn Norbert in den mutmaßlichen Krankenstand geschickt, seit nunmehr drei Monaten, in denen er sich das bewusste Butterkipferlkauen beim Frühstück angewöhnt hat. Links von ihm liegt ein Stoß Tageszeitungen, weil es ihm seither ebenfalls zur Gewohnheit geworden ist, jeden Tag die großen österreichischen Tageszeitungen zu lesen. Weniger aus Interesse an tagespolitischem oder internationalem Geschehen, als vielmehr aus Zeitvertreib und einer durch das Zeittotschlagen und Langeweile entstandenen Sensationslust an den meistens reißerisch aufgemachten und oft auch grausigen Geschichten in den Chronik- und Panorama-Teilen der Zeitungen. Rechts vor ihm steht der geliebte Häferlkaffee, ohne den er sich den Start in den Tag, wie er immer sagt, überhaupt nicht vorzustellen imstande ist. Am Boden neben dem Frühstückssessel des Herrn Norbert hat der Kreisky zu liegen. Der Kreisky ist der Rauhaardackel des Herrn Norbert und gleichzeitiger Lebensgefährte und einziger Freund. Nur mit dem Kreisky, und sonst niemandem, pflegt der Herr Norbert täglich sein Frühstück einzunehmen. Nur mit dem Kreisky, da ist sich der Herr Norbert sicher, ist es möglich, ein vernünftiges Gespräch zu führen. Das sind die Zutaten eines typischen Norbert'schen Frühstücks. Seit einigen Tagen liegt zwischen dem Stoß Tageszeitungen und dem Häferl Häferlkaffee ein Brief von der Pensionsversicherungsanstalt. Seit drei Tagen also schaut der Herr Norbert den geschlossenen Brief an und hat es nicht geschafft, ihn zu öffnen, obwohl die Mutter immer gesagt hat, WAS DU HEUTE KANNST BESORGEN et cetera. Der Hauptgrund, den Brief der Pensionsversicherungsanstalt nicht zu öffnen, ist für den Herrn Norbert die Tatsache, dass die zwei Briefe, die er bis jetzt sein Lebtag erhalten hat, Schreckensnachrichten waren. Außerdem war ein solcher Brief der Pensionsversicherungsanstalt, den ein ehemaliger Arbeitskollege erhalten hatte, für diesen quasi sein Todesurteil. Der rief, bevor er sich umbrachte, täglich bei ihm an. Wo er früher als Arbeitskollege kein Wort mehr als die üblichen Höflichkeiten wie Guten Morgen, Mahlzeit und Auf Wiedersehen zu ihm gesagt hatte. Dem Herrn Norbert der Kollege nur in der Kantine sitzend und stumm Wurstbrote kauend in Erinnerung geblieben war. Nach der Kündigung und dem folgenden negativen Bescheid der Pensionsversicherungsanstalt auf seinen Antrag, war er gezwungen, eine Stelle als Eintrittskartenabreißer in einem Großkino anzunehmen, zu dem er vom Arbeitsmarktservice zur Vorstellung hingeschickt worden war, wie er dem Herrn Norbert erzählt hat. Anscheinend war ihm das Grund genug, den Herrn Norbert quasi tagtäglich anzurufen und sich bei ihm über diese, wie er gesagt hat, ihm aufgezwungene Anstellung zu beschweren. Eine Schinderei, eine Sklaverei, eine Entwürdigung des Menschen sei diese Arbeit demnach gewesen. Dieser Zwitter aus Großkino und Einkaufszentrum sei ein Wohlfühl-KZ der Freizeitindustrie für geistig Zurückgebliebene. Für freiwillig Mongoloide und so weiter, wie er am Telefon gesagt, geschrien hat schon zum Schluss. Dann hat er sich erstochen. Aus diesen Gründen vermeidet es der Herr Norbert, den Brief der Pensionsversicherungsanstalt zu öffnen. Beizeiten, denkt er sich, beizeiten.

Natürlich ist mir klar, dass Sie auf gerichtliche Weisung hier sind. Keine Frage, das will ich ja gar nicht abstreiten. Trotzdem werden Sie hier so behandelt wie jeder andere, der freiwillig zu uns kommt. Es schadet ja nicht, ganz im Gegenteil! Die Therapie kann nur zu Ihrem Nutzen sein. Sehen Sie den Nutzen für sich. Holen Sie sich heraus, was wichtig für Sie ist. Glauben Sie mir, ich spreche aus Erfahrung. Die Erfahrung zeigt mir, dass die Therapiestunden, auch die verordneten, eine erhebliche Hilfestellung bei der Bewältigung des Alltags für den Klienten bewerkstelligen können. Der Wille jedoch ist Grundvoraussetzung. Ohne Wille geht nichts, das müssen Sie einsehen. Das Gericht kann Sie zwingen, hier zu erscheinen, es kann Sie nicht zwingen, sich helfen zu lassen, nicht wahr? Ich sage immer: Die Wunde gehört ausgeblutet. Viele bezeichnen mich als zu hemdsärmelig, aber genauso ist es: ausbluten, reinigen, verbinden, heilen. Die meisten lassen es nicht bluten. Sie verkleben die Wunde, damit keiner sie sieht, und zack, schon haben Sie den Eitersalat. Ohne Ausbluten geht gar nichts, wie gesagt. Sie müssen ja nicht mit *mir* reden. Sprechen Sie einen Dritten an, wenn Sie sich leichter tun. Eine Vertrauensperson. Viele tun sich da leichter. Natürlich! Warum nicht? Der Hund, der beste Freund des Menschen! Heißt's doch, nicht wahr? Sie wissen nicht, wo Sie anfangen sollen? Wo und wann sie wollen!

Vor dreißig Jahren hielt der Herr Norbert den Brief, der ihm vom damaligen Erzieher des Arnautovič Kinderheims ausgehändigt worden ist, erstmals in seinen Händen. Vor dreißig Jahren also berichtete man ihm von dem tragischen Unglück, das ihm der Pichlberger Pfarrer, der Pfarrer Probodnig, in diesem Brief beschrieben hat.

Lieber Norbert, hat der Pfarrer Probodnig geschrieben, leider muss ich Dich über ein tragisches Unglück Deine Mutter betreffend unterrichten, welches in ihrem Tod resultierte. Genau so und nicht anders hatte der Pfarrer Probodnig entschieden, den zehnjährigen Norbert über den Tod seiner Mutter zu informieren. »Ein tragisches Unglück, welches in ihrem Tod resultierte, hat er geschrieben, Kreisky, sag ich zu ihm. Nur ein Schwein kann so einen gemeinen Satz einem Zehnjährigen schreiben, oder? Der Probodnig ist von allen Pichlbergern der größte Ungustl gewesen, wirklich wahr. Der Pfarrer, unser Geistlicher, wie er sich selbst nannte, war immer der falscheste Hund, Kreisky. Was er vorher in der Kirche verschwiegen hat, ist dann nach der Kirche im Wirtshaus bis ins kleinste Detail besprochen worden. Jedes Unglück, das der Pfarrer immer nur so genannt hat, nie bei dem Wort, das es in Wirklichkeit genau beschrieben hätte, hat er nach der Messe auf peinliche Art breitgetreten. Zur Belustigung der Wirtshausbesucher natürlich, denen nichts mehr getaugt hat als das Unglück anderer Leute. Und je näher sie die Person gekannt haben, desto größer ist ihre Freude gewesen. Ihre Schadenfreude, wie man so schön sagt, Kreisky, wirklich wahr.«

Für den Pfarrer Probodnig waren es immer nur tragische Unglücke, obwohl es sich bei den meisten dieser tragischen Unglücke nicht einmal um welche handelte. Ein Unglück beschreibt ja logischerweise etwas, für das jemand, dem dieses Unglück zugestoßen ist, wie es ja schon in diesem Zusammenhang eindeutig heißt, gar nichts kann. Dass er an diesem Unglück nicht die geringste Schuld hat. Dass es quasi eine schicksalhafte Fügung ist, dieses Unglück. Bei den meisten Pichlbergerischen Unglücken war das aber überhaupt nicht der Fall. Diese Unglücke stießen in Wirklichkeit den wenigsten einfach nur so zu. Deshalb hat der Norbert gleich von Anfang an gewusst, als er den Brief des Pfarrers zum ersten Mal las, dass es sich in Wirklichkeit um gar kein echtes Unglück hat handeln können. Gleich hat er gewusst, dass jemand anderer schuld war am Tod der Mutter und dass dessen Schuld in ihrem Tod resultiert hat und nicht irgendein vom Pfarrer erfundenes tragisches Unglück. Die meisten dieser tragischen Unglücke, die im Tod des betreffenden Menschen resultierten, waren in Wirklichkeit gar keine Unglücke. Mord aus Eifersucht, unterlassene Hilfeleistung, durch Trunkenheit am Steuer verursachte Verkehrsunfälle, unter Alkoholeinfluss verübter Totschlag wurden diese mutmaßlichen Unglücke in den Zeitungen immer genannt. Diese bei den Pichlbergern aber als harmlos gehandelt wurden, mutmaßliche Kavaliersdelikte waren in ihren Augen. Nicht zu vergessen natürlich die Selbstmorde. Die Hitliste der tragischen Unglücke des Pfarrers Probodnig führte eindeutig der Freitod an. Waren die meisten Pichlberger Bauern, aber auch die Pichlberger im Allgemeinen, die einfallslosesten Menschen, die man sich überhaupt vorstellen kann, die außer der Arbeit, dem Kirchgang und dem übermäßigen Konsum von Alkohol in den Wirtshäusern, dem beliebten Kampftrinken und den danach praktizierten Raufhändeln, sonst überhaupt nichts mit ihrem Leben, sich selbst und ihren Familien anzufangen wussten, entfaltete sich in ihren Gehirnen plötzlich eine unglaubliche Kreativität, sobald es darum ging, sich selbst umzubringen. Beim Selbstmord entwickelten sich die Pichlberger plötzlich zu wahren Künstlern. Zu geistig nur so sprühenden Genies quasi. Über dieses Kunstwerk wurde in der Kirche niemals auch nur ein Wort verloren vom Pfarrer Probodnig. Erst nach der Messe und nach dem fünften Bier hat er allen, die es wissen wollten, genauestens die angewandte Praxis des sich selbst Umgebrachten erzählt. Auch hat er sich nicht gescheut, diese Details im Beisein der Angehörigen des Verunglückten auszubreiten, bei dem an das Begräbnis anschließenden Leichenschmaus meistens, zu dem der Pfarrer von der Familie eingeladen wird traditionellerweise. Hat sich auf deren Kosten die Wampe vollgeschlagen. Sich mit ihrem Geld einen Rausch angesoffen, auf für diesen Anlass unappetitliche und skrupellose Weise. Und das natürlich mit dem teuersten Wein, den der Wirt in seinem Keller liegen hatte. Ungeniert sind von ihm vor den Augen der Familien die Weine durchprobiert worden. Bevor er den teuersten auswählte, von dem er bereits wusste, dass er der teuerste war, weil er natürlich den Wirt vorher gefragt hatte, heimlich. Im Rausch hat er den Angehörigen ins Gesicht gesagt, leider Gottes kann Ihr Sohn nicht in den Himmel kommen, weil wie Sie ja sicher wissen, der Selbstmord eine Todsünde vor dem Herrn ist. »Eine Todsünde vor dem Herrn, hat er gesagt, Kreisky. Das muss man sich einmal vorstellen. Dreckschwein, hat die Mutter immer gesagt, wenn wir von einem Begräbnis oder von der Kirche heimgegangen sind, und hat damit natürlich den Pfarrer gemeint. Elendiges Dreckschwein, hat sie gesagt, wirklich wahr. JE KLEINER DAS DORF, DESTO BISSIGER DIE HUNDE, hat sie gesagt, GEGEN IHRE DUMMHEIT IST KEIN KRAUT GEWACHSEN und dass dieses UNKRAUT NICHT VERGEHT et cetera, Kreisky«, sagt der Herr Norbert.

Zu den Tieren, im Speziellen zu den Haustieren, und vor allem zu den Maschinen, fühlte sich der Norbert hingezogen. War von ihnen immer begeistert gewesen. Auf dem Leitenbauerhof gab es leider nur einen uralten Traktor und die Tiere waren einzig zur Verwendung und zum Nutzen bestimmt. Als Handelsware quasi. Auf dem Leitenbauerhof musste alles zu etwas nütze sein. Alles Unnütze hatte auf dem Leitenbauerhof nichts verloren. Mach dich zu etwas nütz war deshalb auch ein Lieblingssatz des Leitenbauer, den er in allen möglichen Situationen gebraucht hat. Hat er seine Kinder oder den Norbert auch nur für einen kurzen Moment sich, seiner Meinung nach, nicht sinnvoll betätigen sehen, ist sofort von ihm dieser Satz gekommen. Wollte er mit seiner Frau, der Leitenbauerin, nicht diskutieren, hat er sogleich diesen Satz benutzt, um die Diskussion zu vermeiden. Jede ihm unangenehme Frage, die jemand an ihn gerichtet hat und die er nicht hat beantworten wollen oder können, ist sogleich mit diesem Satz abgewürgt worden. Mach dich zu etwas nütz war einer der meistgehörten Sätze im jungen Leben des Norbert. Und später, im Arnautovič Kinderheim in Wien, hat er ihn in seinem Kopf immer wieder gehört, mitsamt der Stimme des Leitenbauer, in der immer ein Vorwurf mitschwang, der den Adressaten erniedrigte und auf eine ungerechte Art und Weise gemein machte. So waren auch die Tiere auf dem Leitenbauerhof nur Nutztiere, wie sie genannt werden. Wären sie dem Bauern nicht zum Nutzen da gewesen, er hätte sie sofort umbringen lassen, was auch wirklich passiert ist oft. War ein Tier auch nur leicht kränklich, ließ es der Leitenbauer sofort umbringen, quasi notschlachten, obwohl überhaupt keine Notwendigkeit war in Wirklichkeit. Darum gab es auch keine Haustiere auf dem Leitenbauerhof, wo es doch auf jedem Bauernhof das Normalste überhaupt ist, dass es Katzen gibt, Hunde und manchmal auch einen kleinen Streichelzoo für die Kinder. Auf dem Leitenbauerhof wurden die Tiere immer nur umgebracht, zum Nutzen des Leitenbauer. Manchmal hat der Norbert kleine Kätzchen mit nach Hause gebracht, von einem Wurf der Katze des Wagenbauer zum Beispiel, der auf der anderen Seite der Leiten seinen Hof hatte. Gleich als der Leitenbauer sie zum ersten Mal sah, hat er aufgeschrien, die sind zu nichts nütze!, die sind zu nichts nütze!, und sie sofort mit der großen Holzhacke in der Mitte auseinandergehackt auf dem Hackstock. Vor den Augen der Kinder und des Norbert natürlich, um sie in Zukunft von solchen Blödheiten abzuhalten. Durch dieses negative Beispiel angespornt, waren auch die Leitenbauerbuben mit der Zeit gegen jedes unnütze Leben eingestellt. Jedes Leben außerhalb der Stallungen und der Weiden kam ihnen unnütz vor, komplett umsonst.

Ohne unsere Tradition gehen wir unter!, hat der Leitenbauer immer lautstark protestiert, wenn auch nur die kleinsten Dinge auf dem Leitenbauernhof hätten geändert werden sollen, aus der Sicht der Leitenbauerin zum Beispiel. Diese Änderungswünsche hat er immer mit diesem Satz sofort abgewürgt, und zur Bekräftigung ordentlich mit seiner Hand auf den Tisch gedroschen. »Bis auf einmal das Urlauben auf dem Bauernhof in die Mode gekommen ist bei den Stadtmenschen, Kreisky. Wie es auf einmal den Urlaub auf dem Bauernhof gegeben hat, der auch vom Land und der steirischen Touristik beworben worden ist, hat sich der Leitenbauer leider Gottes auch verändern müssen. Ob er wollen hat oder nicht. Obwohl er sich lange dagegen gesträubt hat, es hat ihm nichts genützt. Im Endeffekt hat er dem Willen der Leitenbauerin nachgegeben und seinen Hof auch bei der steirischen Touristik als Destination für den Urlaub am Bauernhof eintragen lassen. Bei der Leitenbauerin hat er auf einmal die Krafthose immer ausgezogen gehabt, Kreisky, sag ich, wirklich wahr.«

Beim Geld hörte bei der Leitenbauerin der Spaß auf. Weil die Leitenbauerin geldgierig und den anderen Bauern dieses Zusatzeinkommen neidig war, wollte sie sich so eine einfache Einnahmequelle, wo man praktisch fast gar nichts dazu tun muss, wie sie sagte, natürlich nicht entgehen lassen. Da hat dann der Leitenbauer, Tradition hin, Mann im Haus her, den Schwanz ein- oder den Kürzeren ziehen müssen, wie die Mutter immer gesagt hat. Im Inneren hat es natürlich gekocht im Leitenbauer, weil der die Stadtmenschen, die zu nichts nütze sind, die komplett umsonst auf der Welt sind, seiner Meinung nach, immer verabscheute. Über die Städter hat er immer nur geschimpft. Sie ausgespottet, ihre Lebensweise und Art als beschissen und ihren Charakter als grindig bezeichnet. Arschlöcher sind sie, lauter Arschlöcher, hat er gesagt. Dabei hat er natürlich kein einziges Mal einen Städter persönlich kennengelernt bis dahin. Und auf einmal hat er sich selbst diese Leute auf seinen Hof geholt. Ins Haus kommt mir dieses Gesindel aber nicht!, hat er die Leitenbauerin angeschrien. Mir egal, wo das Gesindel haust, ins Haus kommen mir die sicher nicht! Darum hat die Leitenbauerin die Tenne, in der normalerweise das Heu gelagert wurde, von den Leitenbauerbuben, der Dirn und dem Norbert als Unterkunft herrichten lassen. Natürlich auf die billigste Art und Weise und eben so, dass man sich eigentlich hätte schämen müssen dafür. Dafür zahlen sie ja, die Städter, hat die Leitenbauerin gesagt. Dass sie einmal von ihrem hohen Ross herunterkommen. Dass sie einmal ohne ihren Luxus auskommen müssen. Dass sie einmal sehen, wo das Fressen herkommt, das sie im Supermarkt kaufen und im Wirtshaus. Dabei waren die Stadturlauber, die sogenannten Sommerfrischler, immer nett, nie überheblich. Unterhielten sich oft und aufmerksam mit dem Norbert und schimpften ihn nie aus. Waren im Gegensatz zu den Leitenbauerischen immer offen und ehrlich, die hingegen nur das Nötigste mit den Sommerfrischlern redeten. Ihnen so oft wie möglich aus dem Weg gegangen sind und hinter ihren Rücken ständig die Augen verdreht und die Köpfe geschüttelt haben. Auch wenn sie eine ganz normale Frage gestellt haben, wie, wo geht's denn bitte hier am besten zur Naturfreundehütte, zum Beispiel. Nach so einer Frage hat der Leitenbauer schon aufgeregt den Kopf geschüttelt, hat auf den Boden gerotzt und ist ohne Worte im Saustall verschwunden. Im Juli und August war der Leitenbauer aufgrund des ungebetenen Besuchs, den er hasste, nur nicht sein Geld, das nahm er gern, besonders unausstehlich. Am meisten störte ihn, dass er sich für die Gäste auch ein Haustier anschaffen musste, um die Vorstellungen, die sie vom Leben auf dem Bauernhof hatten, zu erfüllen. Darum holte er sich vom Wagenbauer eine Katze, die das erste Haustier überhaupt auf dem Leitenbauerhof war. Auch die Leitenbauerkinder führten sich während der Sommermonate gänzlich anders auf als das restliche Jahr über. Schlurften sie sonst immer stumm und mit eingezogenen Schultern von der Schule über die Leiten herauf, bewarfen sich mit Steinen und Kuhfladen, spuckten sich gegenseitig an und rissen einander an den Haaren, weil sich die Geschwister untereinander nicht leiden konnten, einer dem anderen alles neidig war, hüpften sie bei Besuch von den Sommerfrischlern fröhlich Hand in Hand über die Wiese und pfiffen und sangen manchmal, dass es dem Norbert richtig schlecht wurde. Fütterten und streichelten die Katze immer vor den Augen der Sommerfrischler, wo sie sie sonst nur verjagten und mit ihren Bergschuhen in den Bauch traten. Ein Theater führten sie auf, die Leitenbauerkinder, ein schlechtes noch dazu, eine Laienbühne quasi, und die Sommerfrischler schauten zu.

Am Wochenende flüchtete der Leitenbauer vor den Sommerfrischlern. Ging zur Almhütte hinauf, seiner Jagdhütte, wie er sie nannte. Und das, obwohl er überhaupt keinen Jagdschein hatte, weil er die Prüfung nicht bestanden hatte. Wo doch die Jagdprüfung ein jeder Depp irgendwann bestand, wie es die Jäger sogar selbst zugaben. Aber das war ihm egal, weil er auf die Jagdhütte sowieso nur zum Umtrunk mit seinen Saufkumpanen hinaufging, wie er es nannte. Ein so ein schöner Tag zum Wandern heute, hat er gesagt. In voller Adjustierung ist er schon am Samstag aufgebrochen, in aller Herrgottsfrühe quasi, und zur Jagdhütte hinaufgegangen. Mit dem Steirerhut und dem Gamsbart in der silbernen Gamsbarthülse, der knielangen Trachtenlederhose, seiner geliebten Krachledernen, den dicken grünen Wollstutzen, dem graugrünen Walkjanker mit den silbernen Edelweißknöpfen und den zwiegenähten original Goiserern, wie die Schuhe heißen. Am Sonntag, nachdem die Gäste bereits abgereist waren, kehrte er dann zurück, in einem üblen körperlichen Zustand meistens.

»Dieser Anblick hat mir die Eingeborenen für immer verdorben, Kreisky. Weil sie im Grunde alle ausgeschaut haben wie der Leitenbauer. Die gleichen Sachen gesagt haben wie er. Die gleichen Meinungen gehabt haben wie er. Wenn du solche Ansichten und Meinungen den ganzen Tag hörst, glaubst du auch irgendwann dran. Glaubst du auch, dass alle anderen Leute Schweine sind und die Welt ein Saustall und das ganze Leben ein Scheißdreck. Steigt dir beim Anblick dieser Fressen blitzartig die Grausbirn auf, Kreisky, sag ich zu ihm, wirklich wahr.« Die Form des Gesichts, die runde, für den mutmaßlich gutmütigen Bauern so typische Kopfform, die gemütlichen roten Wangen, die Murmelaugen und die kleinen, abstehenden Ohren, mit der dicken kurzen Nase über dem buschigen Oberlippenbart mitten im roten Gesicht, haben dem Norbert alle Menschen, die so aussahen, unsympathisch oder zumindest verdächtig gemacht. Hat ihn sein Urteil über Menschen, die so ausgeschaut haben, sofort treffen lassen, ungerechterweise. Hat der Leitenbauer auf einen Fremden, wie die Sommerfrischler zum Beispiel, einen sympathischen Eindruck gemacht, die seine unmögliche Art als schrullig und authentisch, ihn sogar als ein *Original* bezeichnet haben, war er in Wirklichkeit von einer anderen Art. Diese Art trat an den Sonntagen, an denen er von den Saufgelagen auf der Jagdhütte zum Leitenbauerhof zurückkehrte, als die Gäste diesen schon verlassen hatten, am deutlichsten zutage. War sie im nüchternen Zustand hinter seiner bamstigen Fresse verborgen, nur gelegentlich in seinen Augen, die meist unruhig hin- und herwanderten, erkennbar, brach sie bei dem rauschigen Leitenbauer umso ärger aus. Vom selbst gebrannten Schnaps, seinem geliebten Zwetschgernen, betäubt, hat er ihr quasi freien Lauf gelassen. »TRINK WAS KLAR IST, ISS WAS GAR IST, SAG WAS WAHR IST, hat die Mutter immer gesagt, Kreisky. Wobei es der Leitenbauer mit der Wahrheit nie so genau genommen hat. Nur das Klare hat er gerne getrunken, das kannst du mir glauben, wirklich wahr.« Wankend und stinkend betrat er die Stube und musterte mit milchig getrübten Augen die Leitenbauerin, seine Kinder, den Norbert mit seiner Mutter, die gerade beim Mittagstisch saßen. Die grünen Aufschläge des Steireranzugs waren verdreckt, weil er beim Abstieg über die verfluchten Baumwurzeln gestolpert und deswegen im Dreck gelandet ist, wie er sich beschwerte. EILE MIT WEILE, hat die Mutter gesagt. Der Hut saß schief auf seinem Kopf, der am kurzen, dicken Hals unkoordiniert hin- und herwackelte. Habedehre, hat der Leitenbauer gesagt, sich an den Kopf des Tisches gesetzt und eine Pfeife angesteckt. Da haben alle gewusst, dass der Zores gleich losgeht.

Das war die traditionelle Handlung, die er vollzogen hat, bevor der Zores losging. Die Pfeife steckte er sich immer nur im Schnapsrausch an. Er sie nicht vertrug eigentlich, weil er sie auf Lunge rauchte, wo doch jeder Raucher weiß, dass man eine Pfeife nicht auf Lunge raucht, sondern pafft. Am nächsten Morgen hat es ihm dann deswegen das Beuschel heraufgehaut, wie er es nannte. Den ganzen nächsten Tag jammerte er über seinen Kater und verteilte rotzend seinen Auswurf auf dem Leitenbauerhof. Wie Nacktschnecken klebten die Schleimbatzen auf den Grashalmen und zwischen den Zehen der Kinder auch, wenn diese im Sommer bloßfüßig herumliefen. Hollodero, der Leitenbauer, gib ihm!, hat er plötzlich aufgeschrien, weil er wie immer im angetrunkenen, im volltrunkenen Zustand, in dem er dann war, in der dritten Person über sich selbst redete. Die Leitenbauerin wusste gleich, dass sie nach diesem völlig sinnlosen Ausspruch dem Leitenbauer sein Stamperl und eine weitere Flasche des geliebten Zwetschgernen zu bringen hatte. Das Stamperl, aus dem schon der alte Leitenbauer getrunken und das er seinem Sohn vererbt hatte. Schmeckt es euch nicht?, hat er dann gefragt, nachdem er einige Stamperln Zwetschgernen kommentarlos, nur mit einem lauten Schnaufer quittierend, geleert hatte. Schmeckt euch das Essen nicht, das euch der Leitenbauer auftischt?, hat er gefragt, die Kinder und die Dirn anstarrend, die ihrerseits in ihr Essen starrten, in den bei den Bauern so beliebten steirischen Brennsterz, den es aus Tradition immer gegeben hat am Sonntag. Nie hat ihm jemand geantwortet, nicht ein einziges Mal ist es passiert, dass ihm jemand auf die Frage geantwortet hätte, weil es auch komplett sinnlos gewesen wäre. Darum warteten alle nur ab, starrten weiter in den Brennsterz hinein, stumm, nichtssagend außerdem. Hollodero, der Leitenbauer, gib ihm!, hat er wieder ausgerufen. Ist nicht gut genug, der Brennsterz!, hat er gesagt und dabei dem älteren Sohn mit seinen Griffeln auf den Hinterkopf geschlagen, dass dieser mit seiner jungen, ebenso runden, bamstigen Bauernfresse in den Sterz eintunkte. Nicht gut genug, nicht gut genug, nicht gut genug, dem Leitenbauer sein Brennsterz für die Herrschaften!, hat er ausgerufen. Schlug bei jedem gesprochenen *nicht gut genug* abwechselnd dem jungen und dem älteren Leitenbauerbub auf den Hinterkopf und tunkte ihre Bauernfressen, auf denen schön langsam die stummen, nichtssagenden Tränen herunterliefen, in den Sterz ein. Herausrannen aus den kleinen Augen, hinein in den Brennsterz, der immer salziger wurde deswegen. Dabei hatte ihn die Leitenbauerin sowieso schon versalzen. Immer haben wir ihn gehabt, den Sterz, nicht nur am Sonntag, jeden Tag haben wir ihn gekriegt, hat er weiter erklärt, der Leitenbauer, was natürlich überhaupt nicht stimmte. Es erstunken und erlogen war in Wirklichkeit, weil die Leitenbauerischen keine Armen waren, selbst nach dem Krieg nicht. Hatten immer genug zu essen, im Gegensatz zu den Dorfleuten, die tatsächlich jeden Tag nur saure Suppe soffen. Da könnt ihr ja wenigstens einmal die Woche einen Sterz fressen!, fuhr er fort. Auf dem Leitenbauerhof ist keiner undankbar, nicht solange der Leitenbauer das Sagen hat!, sagte er. Die Undankbarkeit werde ich euch austreiben, flüsterte er jetzt schon fast. Fauchte es, wie es eine in die Enge getriebene Katze tut. Bei dem Wort *austreiben* stand er auf, mit dem Vorhaben, die Austreibung der Undankbarkeit seiner Kinder ihm gegenüber sofort zu vollziehen. Der Pflicht der Erziehung seiner Kinder umgehend nachzukommen, auf die gute, traditionelle Art und Weise. Wie auch ihm die Undankbarkeit immer ausgetrieben worden war als Kind. Was ihm nie geschadet hat, wenn es nach ihm ging. Wenn es nach ihm ging, hat die traditionelle Art und Weise der Erziehung noch keinem geschadet. Zu diesem Zweck nahm er seinen Rindsledertrachtengürtel von seiner Hüfte, der ebenso ein Erbstück war wie das Schnapsstamperl, und schlug ihn den Leitenbauerbuben abwechselnd über den Rücken. Während diese den Brennsterz in sich hineinstopften, versuchten, ihn hastig hinunterzuwürgen, was durch das Schluchzen schwierig war natürlich. Schlug sie so lange, bis sie den Brennsterz aufgegessen hatten. Und das, obwohl sie den Sterz sowieso aufgegessen hätten, weil er ihre Leibspeise war, der Brennsterz. Die Leitenbauerin füllte dann sogar ihre Teller wieder auf, weil sie wusste, dass der Sterz die Leibspeise der Buben war, und diese die frisch aufgefüllten Teller auch tatsächlich erneut aufessen würden. Beim zweiten Teller ist der Leitenbauer des Schlagens seiner Kinder aber schon wieder überdrüssig geworden, hat den Rindsledertrachtengürtel in die Ecke geschmissen und sich wieder seinem Zwetschgernen gewidmet, bis er mit dem Gesicht auf der Tischplatte einschlief. Bis zum nächsten Tag in der Früh üblicherweise und bis ihn die Leitenbauerin aufweckte und aus der Küche scheuchte. Als der Leitenbauer anfing, seinen Buben auf den Rücken zu schlagen, schnappte die Mutter den Norbert zumeist an einem Handgelenk und bugsierte ihn aus der Küche raus. »GEMMA, GEMMA, KALT IST ES NICHT, hat die Mutter immer zu mir gesagt, Kreisky. Hat mich in unser gemeinsames Zimmer gebracht, das ein an das Bauernhaus anschließender Verschlag, eine Keusche eigentlich, war. Mit zwei Einzelbetten, einem Kasten, einem Beistelltisch und einem Zimmerofen. Dort habe ich noch das minutenlange Klatschen des Rindsledertrachtengürtels auf den Leitenbauerbubenrücken hören können, Kreisky, wirklich wahr«, sagt der Herr Norbert.

Die darauffolgenden Tage redete er nicht viel, der Leitenbauer. Womöglich aus Scham oder aus schlechtem Gewissen. Wahrscheinlicher ist, dass er sich aufgrund des übermäßigen Konsums seines Zwetschgernen einfach nicht mehr daran erinnern konnte, dass seine Kinder am Vortag von ihm zusammengeschlagen worden sind. Um von sich selbst abzulenken, wurde vom Leitenbauer über alles und jeden geschimpft. Alle, die er kannte, näher oder auch nur vom Sehen, wurden ausgerichtet von ihm. Der Pfarrer, der plötzlich ein Verhältnis mit der Pfarrersköchin hatte, die von diesem geschwängert worden war und die dann in Wien eine illegale Abtreibung hatte machen lassen. Über die Mitglieder der im Dorf ansässigen Vereine, den Trachtenverein, den Eisschützenverein, den Stinglgocken, wie er sie beschimpfte, den Gesangsverein und den Fußballverein, über den er sich am meisten ausließ. Dabei war er selbst Mitglied in diesen Vereinen, beim Fußballverein sogar Kassier. Versäumte nie ein Treffen dieser Vereine, vor allem nicht beim Kameradschaftsbund, der ihm der liebste war. Die wenigsten Mitglieder beim Pichlberger Kameradschaftsbund waren echte Soldaten gewesen. Die meisten Soldaten waren längst nicht mehr auf der Welt, sondern schon im Krieg totgeschossen worden, an altersbedingten Krankheiten oder tragischen Unglücken gestorben. Die Söhne dieser verstorbenen Kameraden zogen die Uniformen ihrer Väter an, hängten sich die Orden ihrer toten Väter um und steckten sich ihre Auszeichnungen an die Brust. Sangen schöne patriotische Lieder, wie der Leitenbauer immer gesagt hat. Diese Lieder wurden vom Kameradschaftsbund mit Unterstützung des Gesangsvereins zumeist zu Allerheiligen am Kriegerdenkmal bei der vom Pfarrer Probodnig durchgeführten Kriegerdenkmalsegnung gesungen. Die meisten Mitglieder des Kameradschaftsbunds, die diese Lieder leidenschaftlich mitsangen, waren nicht nur nicht im Krieg, sondern nicht einmal beim österreichischen Bundesheer gewesen, wie der Verein zur mutmaßlichen Landesverteidigung in Österreich heißt. Der Grund dafür war ihre vom vielen Arbeiten verursachte Zusammengeschundenheit, wie sie sagten, weshalb sie als für den Dienst an der Waffe *untauglich* geschrieben wurden. Das hinderte sie nicht daran, nach dem offiziellen Teil in die Wirtshäuser zu gehen und nach dem Konsum mehrerer Biere und Schnäpse, auf einem Jägergrab da blühen keine Rosen … der Jüngste war kaum vierzehn Jahr … die Fahne Hoch auf einem Jägergrab … da blüht das Edelweiß … die Reihen dicht geschlossen … er scheute nicht den Tod fürs Vaterland … der Tag für Freiheit in meiner Heimat … ja da blühen die Rosen und für Brot bricht an … froh ist unser Sinn in meiner Heimat ist es wunderschön

... es braust unser Panzer im Sturmwind dahin ... die Knechtschaft dauert nur noch kurze Zeit ... wo man mit Blut die Grenze schrieb et cetera zu singen. Bei der Kriegerdenkmalsegnung musste auch der Norbert, natürlich in seinem körperfeindlichen Kindersteireranzug steckend, teilnehmen.

»Die Kriegerdenkmalsegnung zu Allerheiligen habe ich immer gehasst als Kind, Kreisky. Diese Prozedur ist mir immer unnatürlich vorgekommen, gekünstelt. Wie eine Zirkusvorstellung. Als Kind schon ist mir das aufgefallen. Als Kind fällt dir ja so was sofort auf, nicht wahr? Erst später fällt dir das dann nicht mehr auf, wenn sie dich an ihre Gemeinheiten gewöhnt haben, sag ich zu ihm.«

Die Mitglieder des Kameradschaftsbunds, aber auch viele Pichlberger, hatten bei der Kriegerdenkmalsegnung die verschiedensten Wimpel und Fahnen mit, die sie theatralisch hin und her schwenkten, zu den Melodien der gesungenen Lieder, offensichtlich tief berührt, und gerührt auch. Nachdem der Pfarrer Probodnig eine Predigt über Glaube, Vaterland und Heldentod gehalten hatte, wurde von den Mitgliedern des Schützenvereins, die mit den Eisschützen aber nicht das Geringste zu tun hatten, mit ihren schweren Böllergewehren über das Kriegerdenkmal hinweggeschossen. Alle waren sie kostümiert und trugen ihre Vereinstrachtenkostüme. Der Pfarrer sein Allerheiligenkostüm, die Ministranten ihr Ministrantenkostüm, der Norbert und die übrigen an dieser Veranstaltung zur Teilnahme gezwungenen Kinder ihre Scheinerwachsenenkostüme. Die in Zivil gekommenen Pichlberger ihre Sonn- und Feiertagskostüme, die zur Gänze aus Steireranzügen und Dirndlkleidern bestanden.

»Ein kostümiertes Totengedenken ist es gewesen, das Allerheiligen auf dem Pichlberger Friedhof. Mit einem penetranten Wimpel-und-Fahnen-hin-und her-Gewachel und dem ranzigen Mief des Ewiggestrigen, das vom Leitenbauer als Tradition und Traditionspflege bezeichnet worden ist, wirklich wahr, Kreisky«, sagt der Herr Norbert.

Von der traditionellen Prozession aufgeladen und der eigenen langen Tradition überwältigt, geriet der Leitenbauer beim Abendessen dann ins Schwärmen. Über das, was früher alles besser gewesen sei und was es früher alles nicht gegeben habe, schwadronierte er. Was unter dem Erzherzog Johann alles besser gewesen sei und was es unter dem Hitler nicht gegeben hätte. Immer brauchte er jemanden, der über ihm war. Entweder um über *die da oben* zu schimpfen oder aufzuschauen, je nachdem, wie es ihm gerade passte natürlich. Jemanden, der ihm einerseits zeigte, wo es langgeht und dem er andererseits die Schuld für alles hat geben können. Zum Erzherzog Johann zum Beispiel schaute er auf, weil zu ihm schon der Vater, der Großvater und der Urgroßvater aufgeschaut haben. Und natürlich deshalb, weil der Erzherzog Johann der Erfinder des vom Leitenbauer so geliebten Steireranzugs war, dem Identifikationssymbol des Leitenbauer mit seiner steirischen Heimat schlechthin, wie der immer gesagt hat. Zu dessen Gedenken stimmte er den berühmten Erzherzog-Johann-Jodler an, den er, wie man sagen muss, hervorragend und aus dem Effeff quasi beherrschte. »Wenn er den Erzherzog-Johann-Jodler angestimmt hat, ist er einem wie ein lieber, sympathischer Mensch vorgekommen, sag ich. Im Zeitraum des Erzherzog-Johann-Jodler-Singens habe ich den Leitenbauer sogar gemocht. Sobald die Melodie aufhörte, ist er wieder zum grauslichen Leitenbauer geworden. Zum Ungustl, als der er allgemein bekannt war. Eine schöne Melodie kann dir wirklich die Wahrnehmung verwischen, Kreisky. Weil der Mensch ein Gefühlstier ist. Weil er sich leicht verführen lässt durch so angenehme Klänge. Sind diese Klänge dann vorbei, bist du überrascht über die Täuschung, auf die du hereingefallen bist. Die Musik ist nicht zu unterschätzen, Kreisky, sag ich zu ihm, wirklich wahr.« Die mutmaßlich verbotenen Nazilieder hat der Leitenbauer auch gerne angestimmt und dann gleich zur Beschwichtigung gesagt: Nicht alles ist schlecht gewesen damals, viel Gutes ist getan worden. Einen Hitler wird es nicht mehr geben, leider Gottes, hat er gesagt, und, um das Thema abzuschließen und sich ganz auf den steirischen Schweinsbraten der Leitenbauerin konzentrieren zu können, auf den Boden gerotzt.

Wenn es Schweinsbraten oder irgendetwas vom Schwein zu essen gab, war der Leitenbauer glücklich. Mmhh, ein gutes Braterl!, mmhh, ein saftiges Stelzerl!, mmhh, ein herrlicher Sauschädel!, hat er jedes Mal begeistert ausgerufen. Das Schwein war ihm von allen Nutztieren das liebste und von diesem der Sauschädel der begehrteste Teil. Darum gab es den Sauschädelschmaus bei den Leitenbauerischen sehr oft zu essen. So oft, dass der Leitenbauer besser Sauschädelschmausbauer geheißen hätte, wie sich der Norbert oft gedacht hat, dem aufgrund der Häufigkeit des Sauschädelschmausessens, nämlich einmal im Monat, schon gegraust hat davor. Der sich aber nichts sagen getraut hat, weil er nicht undankbar sein wollte und er wusste, wie der Leitenbauer auf Undankbarkeit reagierte und er nicht wie die Leitenbauerkinder mit dem Rindsledertrachtengürtel zusammengeschlagen werden wollte. Wenn er schon nicht den Sauschädelschmaus verweigern konnte, dann wollte er sich wenigstens dem Wort verweigern, weil schon allein das Wort ekelhaft war. Wollte es sich quasi zerdenken, durch hundertfaches Wiederholen unsinnig machen, so wie es die Gewohnheit der Kinder ist, die gerade

Lesen und Schreiben lernen. Die die gesprochenen und gehörten Worte bis zum Zeitpunkt ihrer Einschulung nur vom Hören und Sprechen her kennen. Sie sich der Bedeutung dieser Worte bewusst sind und plötzlich diese Bedeutung in ein Wort gefasst hinschreiben müssen in ein Schulheft. Die in Worte gefassten Bedeutungen in diesem Schulheft, in einer schönen Schrift, mithilfe eines Linienspiegels in eine schöne Form zu bringen haben. In eine schöne Form und eine schöne Schrift, die die Lehrer festlegen. Die Lehrer legen fest, was eine schöne Form und eine schöne Schrift zu sein hat. Plötzlich werden alle Bedeutungen der Kinder, die ihr bisheriges Leben in ihren Köpfen waren und die sie von ihren Eltern und Geschwistern ganz natürlich und automatisch gelernt haben, unnatürlich und diktiert in dieses Schulheft gezwungen. Den Kindern kommt das Hinschreiben sinnvoller Bedeutungen in für sie absolut sinnlose Buchstaben, Wörter und Sätze durch und durch lächerlich vor. Diese hingeschriebenen Worte lesen sich die Kinder dann laut vor. Lesen hintereinander das gleiche Wort immer wieder, bis plötzlich nicht nur das Wort, sondern auch die Bedeutung des Wortes völlig absurd geworden ist, total sinnlos. Die Bedeutung des Wortes praktisch aufgelöst wurde im Kindergehirn, für die Dauer der ständigen Wiederholung natürlich nur, sonst hätte ja nie ein Kind lesen und schreiben gelernt. Auf diese Weise hat auch der Norbert das Wort Sauschädelschmaus zerdenkt. Hat es sich jeden Abend im Bett immer wieder vorgesagt, was auch eine praktische Einschlafhilfe war. Auch, weil seine Mutter unglaublich laut geschnarcht hat jede Nacht. Nichts anderes hat genutzt gegen dieses mütterliche Schnarchen. Die aus ausgelassenem Schweinefett hergestellten Grammeln hat er sich in die Ohren gestopft, den Polster auf seinen Kopf gepresst, dass er keine Luft mehr gekriegt hat, fast. Ihn eingewickelt hat in die Daunendecke im Sommer, dass er geschwitzt hat als wie, durch das Kopfeinwickeln. Da hat ihm das Wortzerdenken gut geholfen. Irgendwann ist ihm das Wort Sauschädelschmaus total sinnlos vorgekommen, ohne jede Bedeutung, wie eine beliebige Zahl. Vierundachtzigtausendvierhundertachtzig, zum Beispiel.

»Leider muss ich Dich über ein tragisches Unglück Deine Mutter betreffend unterrichten, welches in ihrem Tod resultierte, hat der Pfarrer Probodnig geschrieben, Kreisky. Durch das Lautvorlesen wiegt die Gemeinheit des Satzes noch viel schwerer. Erst durch das Lautvorlesen erkennst du die Hinterfotzigkeit, die im Geschriebenen versteckt ist, Kreisky, sag ich zu ihm. Ein scheinbar freundlicher Brief wird durch das Lautvorlesen zu einer Beschimpfung, ein Liebesbrief zur eigentlichen Morddrohung, wirklich wahr.« Diesen Brief erhielt der Herr Norbert, als er noch ein Bub war und trotzdem wusste, dass sein Inhalt gelogen war. Der Pfarrer Probodnig hat gelogen, weil er die Wahrheit verheimlichte, die ihm bewusst war zu dem Zeitpunkt. Hat ihm mit Vorsatz, quasi zu Fleiß, die Hintergründe des tragischen Unglücks verheimlicht. Der Pfarrer hat immer alles gewusst, über jeden. Und das hatte er der heiligen Beichte zu verdanken. Für den krankhaft Neugierigen ist Pfarrer der ideale Beruf. Von der Außenwelt abgeschirmt und in einer finsteren Kiste sitzend, dem Beichtstuhl, wie diese Kiste heißt, ist ihm der Delinquent, der Gläubige quasi, von der Gottesfurcht eingeschüchtert, wehrlos ausgeliefert. Im Beichtstuhl kann er seiner Leidenschaft uneingeschränkt frönen. Zur Beichte zu gehen, sich in diesen Beichtstuhl hineinzusetzen und vom Pfarrer Probodnig die Beichte abnehmen zu lassen, wurden die Leitenbauerkinder und der Norbert jeden Sonntag gezwungen. Der Norbert war gezwungen, sich jeden Sonntag neue Sünden auszudenken, um die Neugier des Pfarrers befriedigen zu können. Oft war er in der Schule und bei der Arbeit abwesend, mit den Gedanken ganz woanders, nämlich beim Ausdenken neuer Sünden, die er dem Pfarrer am Sonntag würde beichten können. Erlogene Sünden hat er gebeichtet, was wiederum eine echte Sünde war, die er aber nicht hat beichten können natürlich, weil sich der Pfarrer sonst gefrotzelt vorgekommen wäre.

Da die Frotzelei des Pfarrers zu einer Beschwerde beim Leitenbauer und in weiterer Folge zu einer Bestrafung des Norbert geführt hätte, beichtete dieser immer nur erlogene, niemals echte Sünden. Die Leitenbauerbuben haben sich da leichter getan. Die haben einfach immer das Gleiche gebeichtet, das war dem Pfarrer egal, weil der immer ein schönes Geselchtes und den guten Zwetschgernen vom Leitenbauer bekommen hat. Und diese kostenlosen Zuwendungen wollte er sich wegen einer Beschwerde über die Leitenbauerischen Kinder nicht verderben verständlicherweise. Obwohl die gebeichteten Sünden der Leitenbauerbuben oft grausig und abstoßend waren. Der Norbert wusste, dass das Tierquälen ihre große Leidenschaft war. Außer die Nutztiere, die wurden nie von ihnen gequält. Um diese kümmerten sie sich gewissenhaft, und, zugegeben, liebevoll auch. Zumindest hatte es einen liebevollen Anschein, wenn sie sich um die Nutztiere kümmerten. Die Hühner haben sie gestreichelt beim Eierholen. Haben sie freundschaftlich bei ihren Namen genannt. Jedem Huhn haben sie einen Namen gegeben. So wie auch den Schweinen und den Rindern. Den Schweinen haben sie sogar immer was von ihrem Essen übriggelassen, von ihrer Schuljause auch. Die Reste vom Essen des Tages haben sie dann immer in den Sautrog gegeben, der zwischen der Keusche vom Norbert und seiner Mutter und dem Saustall stand. Dieser Sautrog war nie leer. Oft haben sie den Norbert wegen einem fadenscheinigen Grund vom Abendessen weggelockt, nur um sein Essen in diesen Sautrog zu leeren. Schickten ihn raus in die Garage, wo er kontrollieren musste, ob beim Traktor auch ja das Licht ausgeschaltet war, zum Beispiel. Natürlich glaubten sie, dem Norbert damit einen Hund anzutun, wie sie immer sagten. Es ihm zu Fleiß zu tun, wie es ihre Art war. In Wirklichkeit haben sie ihm aber ganz im Gegenteil einen Gefallen getan. Denn in der Garage, die früher ein Pferdestall gewesen war, bis zur Anschaffung des Traktors, danach wurden die Pferde sofort umgebracht und zu Leberkäse verarbeitet, vom Pferdefleischhacker in Mürzzuschlag, fühlte sich der Norbert am wohlsten. In der Stube, wo er immer neben dem Tischherd sitzen musste und keiner redete, auch gar nicht hätte reden können, auch wenn er gewollt hätte, weil der Leitenbauer sein Radio so laut aufgedreht hatte mit seiner geliebten Marschmusik, war es für den Norbert kaum auszuhalten. Hingegen in der Garage, alleine mit dem Traktor und seinem Geruch, war er am glücklichsten. Natürlich war das Licht kein einziges Mal eingeschaltet beim Traktor. Der Norbert hat sich dann vor den Hinterreifen hingesetzt und sich daran angelehnt. Er liebte den Geruch des Gummis, des Getriebeöls, das ausgelaufen und zu einer Lacke unter dem Traktor zusammengeronnen ist. Den Geruch der grauen Rostschutzfarbe, mit der der Leitenbauer sonst die rostigen Stellen ausbesserte. Die ruhige, unspektakuläre Anwesenheit des Traktors. »Die Maschine agiert nur auf Befehl, auf Wunsch, Kreisky. Eine Maschine ist ein Wunscherfüllungsgerät. Den einen Wunsch, etwas in Gang zu bringen nämlich, in deine Richtung zu lenken, auf deinen Weg zu bringen. Für den Alleingelassenen ist die Liebe zur Maschine die einzig wahrscheinliche. Von den Menschen sind nur Grauslichkeiten zu erwarten, wirklich wahr, Kreisky«, sagt der Herr Norbert. Am Traktor lehnend, den Gummi, das Öl und die Farbe einatmend, waren die blutigen Katzenschwänze, die hinter dem Hackstock herumlagen, nicht mehr so grausig für den Norbert. Die Schwänze, die die Leitenbauerbuben den streunenden Katzen abgeschnitten haben, mit der rostigen Blechschere des Leitenbauer, mit der er sonst die Kotflügel des Traktors zurechtschnitt, nachdem sie von einem Baumstumpf verbeult worden waren zum Beispiel. Bevor sie die Katzen in einen Jutesack hineingesteckt und in den Feichtenbach geschmissen und ertränkt haben, wurden ihnen mit dieser Schere die Schwänze abgeschnitten, bei lebendigem Leibe, wie man so schön sagt. Die Katzen haben geschrien, die Leitenbauerbuben haben gelacht, und der Norbert hat sich beim Zuschauen in die Hose gebrunzt, so war das.

Trotzdem konnte er nicht wegschauen, als die Leitenbauerbuben der Murli, wie die Katze vom Wagenbauer hieß, den Schwanz abschnitten. Die Murli kam jede Nacht zum Norbert, ließ sich von ihm füttern und streicheln und schlief im Bett bei seinen Füßen ein. Das hat der Norbert sehr gemocht, vor allem im Winter, weil sie ihm die Füße gewärmt hat dadurch. Als ihr die Leitenbauerbuben den Schwanz abschnitten, hat er nichts gesagt dagegen. Hat nur zugeschaut, wie sie geschrien und sich gewunden hat zwischen den Händen des älteren Leitenbauerbuben, während ihr der jüngere den Schwanz abschnitt. Wurde der Norbert insgeheim angezogen von den abscheulichen Schreien der gefolterten Katzen. Die Schwänze waren die Trophäen, an denen sie sich erfreuten, die Geschwister Leitenbauer. Aber diese Freude hielt nie lange an, weil die Schwänze tot waren, nicht mehr schrien, nicht litten, nicht mehr bluteten. Darum wurden sie in der Garage hinter den Hackstock geschmissen, wo sie verrotteten, zusammen mit einem rostigen Blechkübel voll Froschschenkeln, Eidechsenköpfen, Kohlmeisenfüßchen und anderen abgeschnittenen, ausgerissenen oder zur Unkenntlichkeit zerquetschten Teilen diverser Tiere. Und das obwohl die Mutter vom Norbert den Kindern immer gepredigt hat, QUÄLE NIE EIN TIER ZUM SCHERZ et cetera. Nach einer halben Stunde holte die Mutter den Norbert aus der

Garage zurück in die Stube, wo sein Teller leer auf seinem Platz stand. WER NICHT KOMMT ZU RECHTEN ZEIT et cetera, hat die Mutter gesagt. Ihre Wurstknödel mampfend, schauten sich die Leitenbauerbuben gegenseitig verschworen an. Weil sie sich immer zu viel auf einmal in ihren kleinen Mund hineinsteckten, konnten sie ihn nur mit Mühe geschlossen halten. Sobald sie die Hälfte runtergeschluckt hatten, wurde schon der nächste Wurstknödel hineingeschoben in den Mund, zwischen die feucht glänzenden Lippen gedrückt und das zur Nachspeise angerichtete Marillenkompott gleich in einem Zug direkt aus den Glasschüsseln herausgesoffen, dass ihre Augen herausgequetscht wurden vor lauter Gier. »Die Leitenbauerbuben waren sogar gewalttätige Esser. Der Anblick der roten, fettig glänzenden Fressen war zum Speiben. Diese runden roten Gesichter, der zu kleine Kopf, der halslos auf ihren Körpern angewachsen war. So grauslich wie sie innen drin waren, haben sie auch von außen ausgeschaut. Durch ihre gemein schauenden und ausschauenden Augen hast du dir die ganze innerliche Grauslichkeit schön anschauen können, Kreisky, sag ich, wirklich wahr!«

Die aus den runden Gesichtern hervorstehenden Marillenkompottaugen würden sich einmal mit dem allergrößten Hass gegenseitig anschauen in ein paar Jahren. Ihr ganzer Hass würde sich gegen einander und gegen sie selbst richten. Nämlich dann, wenn der Leitenbauer einem von den Gesichtern den Hof überschreiben würde. Damals haben sie noch zusammengehalten, die Tierquäler. Hat einer dem anderen quasi die Stange gehalten. Haben zusammengehalten gegen den Leitenbauer. Der Hass auf das unnütze Leben und den Leitenbauer hat sie zusammengehalten, sonst nichts. Dadurch unzertrennlich geworden, würden sie durch den Verlust dieses Hasses auseinandergerissen werden einmal. Habedehre, ist er wieder da, der gnädige Herr, hat der Leitenbauer zum Norbert gesagt, als dieser von seiner Mutter wieder auf seinen Platz gesetzt wurde. Vor den leeren Teller, dessen Inhalt schon von den Leitenbauerbuben in den Sautrog geschmissen worden war. Wer zu spät kommt, den bestraft das Leben, fuhr er fort mit dem Spruch, den er gerne angebracht hat. Überhaupt war er ein wandelnder Sprücheklopfer. Hat er einen neuen Spruch aufgeschnappt irgendwo, schon wurde er hineingeschrieben in sein Notizbuch. In seine Witzfibel, wie er es nannte. Die schlechtesten Witze und Bauernweisheiten waren die, die er sich selbst ausdachte, weil er überhaupt kein Gespür für Humor, für das Witzige hatte. Hast keinen Hunger, Bub, hat er zum Norbert gesagt. Schau dich an wie du ausschaust, zaundürr als wie. So wird nix werden aus dir. Musst schauen, dass was wird aus ihm, hat er zur Dirn gesagt, nix ist eh schon, und lachte gleich laut über den witzigen Spruch. FRÜHSTÜCKE WIE EIN KAISER, ISS ZU MITTAG WIE EIN KÖNIG et cetera, hat die Mutter dem Leitenbauer kopfnickend beigepflichtet. Überhaupt beteiligte sich der Leitenbauer nur an Gesprächen, wenn er einen seiner Sprüche anbringen konnte. Alles andere war ihm quasi wurscht. Der berühmteste Leitenbauerspruch, der ihm am liebsten war von allen Sprüchen, die er sich selbst ausgedacht hatte, war: Da kannst du ja gleich einen Neger in einen Steireranzug stecken. Das war der vom Norbert am häufigsten gehörte Spruch. Dieser Spruch wurde vom Leitenbauer immer im Zusammenhang mit einer für ihn total unglaubwürdig erscheinenden Äußerung eines anderen angebracht oder als einen den anderen lächerlich machenden Vergleich. Die Vorstellung von einem Neger in einem Steireranzug war nämlich nicht möglich für den Leitenbauer. War der Neger für den Leitenbauer schon etwas Unglaubliches, ist ihm die Vorstellung von so einem Neger in einem Steireranzug steckend unmöglich, ja sogar pervers vorgekommen. Schon von dem Gedanken, einmal einen Neger in echt, wie er gesagt hat, zu begegnen, stellte es ihm quasi die Grausbirne auf. Der Neger war für den Leitenbauer ein abstraktes Lebewesen. Lebend schon, ein Mensch vielleicht, aber sicher kein Steirer, ein Steirer niemals. Auf unserem Hof ist Gott sei Dank noch nie ein Neger gewesen, hat der Leitenbauer gesagt und diesen Satz insgeheim als Stoßgebet abgeschickt, wie man so schön sagt. Quasi vorbeugend gegen einen dieser Bilderverkäufer, wie die Pichlberger die Neger nannten, die von Dorf zu Dorf zogen, an den Häusern läuteten und ihre, zugegeben, schrecklich kitschigen Bilder verkauften. Oder versuchten sie zu verkaufen, weil nie auch nur ein einziges Bild gekauft wurde von den Pichlbergern. Weil sie nicht einmal die Tür aufmachten, aus Panik, nachdem sie durch den Türspion geschaut und auf einmal einen Neger gesehen haben. Vor nichts hatten die Pichlberger mehr Angst als vor so einem kohlteufelschwarzen, wie sie sagten, bilderverkaufenden Neger. Vor allem die alten Weiber versetzte so ein bilderverkaufender Neger in Angst und Schrecken. Kaum haben sie einen gesehen, haben sie sofort an Raub, Totschlag und Vergewaltigung gedacht. Vor allem der Vergewaltigungsgedanke war der abartigste für sie. Lieber tot als von einem Neger vergewaltigt, haben sie sich gedacht. Dabei wurden diese alten Weiber nur von ihren eigenen Männern vergewaltigt, die sie in Wirklichkeit hassten, aber an sie gebunden waren, durch das heilige Sakrament der Ehe, die Angst vor der Ächtung der Gemeinde und aus ökonomischen Gründen vor allem. Diesen Vergewaltigungsgedanken einmal laut ausgesprochen, verunglimpften sie die unschuldigen

Neger sofort als Räuber, Totschläger und Vergewaltiger, bei allen, die diesen ausgesprochenen Gedanken gehört haben. Für die Neger muss Pichlberg ein ausgestorbener Ort gewesen sein, wo nur die auf diversen Leiten hingebauten Häuser von der Existenz der dort lebenden Menschen zeugten. Der Pfarrer Probodnig hat zwar bei seiner Sonntagspredigt vor dem Evangelium nach Johannes beim Wortgottesdienst mit den Worten der Herr liebt alle Menschen, also auch die Neger, auf dessen fünftes Gebot hingewiesen, aber recht geglaubt haben es ihm die Pichlberger nicht. Obwohl sie wie aus einem Mund das Amen ausriefen. Wobei man aber sagen muss, dass die wenigsten wussten, was eben dieses Amen bedeutet und es nur aus reiner Tradition so laut ausriefen. Dieses bestimmte, laut ausgerufene Amen als Ausdruck ihres Glaubens an den lieben Gott im Himmel ansahen. Wie auch das beliebte Halleluja zum Beispiel.

Straßenbahnfahrer, hat der Norbert geantwortet, auf die Frage des Leitenbauer, was er denn einmal werden will. Worauf der wieder antwortete, da kannst du ja gleich einen Neger in einen Steireranzug stecken und gleich darauf in lautstarkes Gelächter ausbrach. Da kannst du ja gleich einen Neger in einen Steireranzug stecken, hat er auch zu seinem jüngeren Bub gesagt, als der auf seine Frage, was er denn einmal werden wolle, gesagt hat, er würde gern den Leitenbauerhof übernehmen. Weil es für den Leitenbauer nach der Tradition klar war, dass der ältere Sohn den Leitenbauerhof übernehmen würde. Der junge Leitenbauerbub hoffte trotzdem auf den Leitenbauerhof, denn DIE HOFFNUNG STIRBT ZULETZT, wie die Mutter immer gesagt hat.

Der Norbert und der junge Leitenbauerbub waren ein gutes Beispiel dafür, wie einen ein mutmaßliches schicksalhaftes Ereignis einerseits in etwas hineinreiten, andererseits aus etwas herausreißen kann. Beide sind vom Leitenbauerhof weggekommen, ohne dass sie gefragt wurden. Der Norbert durch die Kindsweggabe seiner Mutter, der junge Leitenbauerbub durch den Verlust des gemeinsamen Vaterhasses des Bruders. In erster Linie aber durch die Übergabe des Leitenbauerhofs an diesen. Der junge Leitenbauerbub legte sich nach der endgültigen Vernichtung seines Traumes durch den Leitenbauer unter dessen neuen hydraulischen Holzspalter und ließ anstatt eines Baumstammes seinen Kopf auseinanderspalten. Der halbe Kopf mitsamt Steirerhut, den er komischerweise aufhatte beim Selbstmord, lag nach diesem tragischen Unglück hinter dem Hackstock, wo früher die Tierkadaverdeponie der Leitenbauerbuben gewesen ist. Und wie aus Rache für ihre umgebrachten Geschwister hat die Murli (alle Katzen des Wagenbauer haben immer Murli geheißen) schon die Hälfte des jungen Leitenbauerbubenhirns aus dessen Steirerhut aufgefressen gehabt. Somit ist der ältere Leitenbauerbub nach dem grausigen Fund, wie die Zeitungen schrieben, automatisch zum einzigen Leitenbauerbub geworden. WER ANDERN EINE GRUBE GRÄBT et cetera, hat die Mutter gesagt, als sie davon hörte. Zum Zeitpunkt der Kopfspaltung des jungen Leitenbauerbuben hatte der Norbert schon seinen ersten Dienst als Straßenbahnfahrer in Wien hinter sich. Als der Norbert bei den Sonntagsmessen mit seiner Mutter in der Reihe hinter den Leitenbauerischen sitzend, wie es sich gehört hat für die Dirn und ihr Bankert, auf den Kopf des jungen Leitenbauer schaute, ahnte er logischerweise noch nicht das Geringste von der zukünftigen Spaltung desselben. In dem Moment faszinierten ihn mehr die Ohren, die eine ungemeine Anziehungskraft ausübten auf den Norbert. Schauten die Hinterköpfe der drei männlichen Leitenbauer in der Form nahezu identisch aus, hoben sich die Ohren des jüngsten von denen der andern dramatisch ab. Weil dieser seit jungen Jahren schon regelmäßig an dem gar nicht so seltenen Schweinerotlauf litt, waren seine Ohren braun und vernarbt. Wenn er zufällig gerade wieder an Schweinerotlauf litt, weil er mit seinen aufgeschundenen Händen die ganze Zeit die Schweine gestreichelt hatte, waren sie zudem dunkelrot und angeschwollen, als hätte er vom Leitenbauer eine seiner Stereowatschen bekommen, was oft auch tatsächlich der Fall war. Diese Stereowatschen waren aber, wie man in diesem Fall dem Leitenbauer zugutehalten muss, von ihm gut gemeint, um den jungen Leitenbauerbuben vor dem Schweinerotlauf zu bewahren in Zukunft. Quasi GEBRANNTES KIND et cetera, wie die Mutter gesagt hat, und waren keinesfalls der wahre Grund für das scheußliche Aussehen seiner Ohren. »Wegen dieser Ohren hat mir vor der Kommunion immer so gegraust, Kreisky. Diese Ohren sind die ganze Zeit vor mir gesessen und in der Schlange zur Kommunion vor mir gestanden. Das verdirbt einem den Appetit auf den Leib Christi, Kreisky, sag ich zu ihm. Obwohl mir bei der Vorstellung, vom Leib Christi abzubeißen, sowieso gegraust hat, wirklich wahr.« Noch mehr gegraust hat es ihm vor dem Pfarrer Probodnig, der nicht nur den Körper des Herrn Jesus den Pichlbergern mit seinen Wurstfingern in die halb geöffneten Münder hineingesteckt, sondern sich selbst die letzten Gottesbrösel mit dessen Blut hinuntergespült hat. Bei dem Pfarrer Probodnig gab es nämlich immer nur die Mundkommunion. Nur wenigen legte er den Leib Christi in die Hand, zum Mitnehmen und Selbstessen. Einen *Take away Jesus* quasi, wie man womöglich heute dazu sagen könnte. Das waren zumeist die Witwen, die keinen anderen als den Leib Christi mehr begehrten. Obwohl das außerhalb der Kirche ganz anders war. Sie genauso wie die Jäger ALLES MITGENOMMEN HABEN, WAS IHNEN VOR DIE BÜCHSE GEKOMMEN IST und sie schon EINE WEISSE LEBER gehabt haben deswegen, wie die Mutter immer gesagt hat. Nur in der Kirche waren sie Heilige. Führten sich auf, als wären sie die Jungfrau Maria selbst, diese verlogenen Tabernakelwanzen, hat die Mutter gesagt. Den Leib Christi in Form einer Oblate in ihren Händen haltend, schlurften sie in gebückter Haltung zurück an ihren Platz, der immer in der ersten Reihe war. Dort fielen sie sofort wieder auf ihre Knie, auf denen sie beinahe die ganze Messe verbrachten. Langsam und bewusst schoben sie die in kleine Stücke zerteilten Oblaten, die durch die feuchte Kirchenluft gänzlich aufgeweicht waren, in ihren Mund. Dieses Oblatenzerteilen und Sich-in-den-Mund-Schieben hat den Rest der Messe gedauert. Der Leib Christi, hat der Pfarrer Probodnig gesagt und dem Norbert eine aufgeweichte Oblate in den Mund geschoben. So nah kam er dem Pfarrer sonst nie, außer bei der Beichte, aber da war die schützende Trennwand dazwischen, Gott sei Dank. Bei der Kommunion war er dem Pfarrer am nächsten. Obwohl er den Mund so weit wie möglich aufriss, konnte er nicht verhindern, dass ihn der Pfarrer mit seinen dicken Fingern im Mund berührte. An den Schneidezähnen, der Oberlippe, oder ganz schlimm, an der Zunge. Spätestens zu diesem Zeitpunkt war er reisefertig. A-EN, würgte der Norbert dann heraus, was Amen hätte heißen sollen, was aber mit der feuchten Oblate an der Zunge klebend und dem Ekel im Hals steckend nicht besser herauszubringen war. A-EN hat auch der junge Leitenbauerbub vor ihm gesagt, so wie sein Bruder und der Leitenbauer selbst, alle haben nur dieses A-EN herausgebracht, beim hastig Niederknien und Bekreuzigen. Durch dieses hastige Niederknien und Bekreuzigen rieselte den männlichen Leitenbauerischen eine Portion Schuppen von den Hinterköpfen auf die Steireranzüge. Diese Schuppen wegzuwischen war dem Norbert ein dringendes Bedürfnis, ein Zwang fast, was er sich aber niemals zu tun traute. Diese Schuppen, beziehungsweise die Unterdrückung des ungebührlichen Wegwischens, zogen deshalb auch die gesamte Aufmerksamkeit des Norbert auf sich, dass er vom Rest der Messe nicht viel mitbekommen hat. Besonders die Kombination von den Schuppen auf dem Kragen des Steireranzugs und den rot geschwollenen Ohren des jungen Leitenbauerbuben war bestechend. Erst als die Glocken das Ende der Messe einläuteten, wurde er aus seiner Betrachtung herausgerissen. Da hatte er bereits alle Schuppen der Leitenbauerischen gezählt. »Kreisky, sag ich zu ihm, das Glockenläuten hat mich immer aufgeregt und in ANGST UND SCHRECKEN VER-

SETZT, wie die Mutter immer gesagt hat. Weil es auch das Zeichen für die nahende Beichte, also ein nahendes Unglück quasi, gewesen ist. Das Kirchengeläute kann ich bis heute nicht ertragen, nicht wahr? Überall wo eine Kirche ist, mache ich einen großen Bogen. Ich höre einen Ton, schon bin ich reisefertig, stimmt's, Kreisky?«, sagt der Herr Norbert. Jetzt packte ihn der Leitenbauer beim Genick, an seinem Krawattl, wie er immer gesagt hat, und führte ihn zu den Beichtstühlen. Der Leitenbauer war nämlich auch der Taufpate des Norbert und somit auch verantwortlich für seine seelische Hygiene. Der Leitenbauer war es auch, der dem Norbert seinen Walkjanker geschenkt hatte, zum achten Geburtstag seinerzeit. Vor dem Beichtstuhl musste er auf den Pfarrer warten, zusammen mit dem jungen Leitenbauerbuben. Der ältere durfte schon mit dem Leitenbauer mitgehen. Ins Wirtshaus oder zum Frühschoppen, wie die morgendlichen Besäufnisse hießen, meist im Zuge eines der beliebten Zeltfeste. Der ältere Leitenbauerbub musste den Leitenbauer dann zu Mittag aus dem Wirtshaus oder vom Frühschoppen nach Hause bringen. Das hat immer zwei Stunden so circa gedauert, weil der Zwetschgerne vom Wirt dem Leitenbauer eine Luftwatsche quasi gegeben hat und er somit nicht mehr geradeaus schauen, geschweige denn hat *gehen* können. Während des Wartens auf den Pfarrer ist der Norbert noch mal im Kopf seine mutmaßlichen Sünden durchgegangen. »Durch das Warten war ich schon ganz ausgekühlt und habe gezittert. Und während der Beichte habe ich nur an die Weinfahne des Pfarrers denken können, die er vom Jesus seinem Blut gekriegt hat. Durch die bienenwabenförmigen Löcher der Trennwand ist der Dunst herübergeströmt, Kreisky, dass meine Stirn ganz feucht geworden ist dadurch. In dem Beichtstuhl war es sogar im Sommer kalt wie in einem Burgkeller. Meine Finger waren schon fast taub deswegen. Trotzdem hat mich der Pfarrer dann noch ein paar Vaterunser und Glaubensbekenntnisse beten lassen. Vorne beim Altar habe ich mich hinknien müssen natürlich. Der junge Leitenbauerbub hat in der Zwischenzeit längst nach Hause gehen dürfen. Wahrscheinlich deshalb, weil bei ihm der Spruch, WER EINMAL LÜGT, DEM GLAUBT MAN NICHT et cetera, wie die Mutter immer gesagt hat, so gut gepasst hat und der Pfarrer deswegen seine Zeit nicht mit dem Anhören der ewig gleichen, uninteressanten Sünden hat verplempern wollen, wirklich wahr, Kreisky«, sagt der Herr Norbert.

Der Norbert verließ die Kirche als Letzter. Um sich aufzuwärmen, ging er ins Wirtshaus hinüber, das nach der Messe immer brechend voll war. Die Pichlberger Männer gingen sonntags nur in die Kirche, um sich danach beim Wirt ordentlich einen ansaufen zu können, ohne sich bei ihren Ehegattinen rechtfertigen zu müssen, die daheim mit dem Schweinsbraten und den Kindern auf sie warteten. Seine schmerzenden Hände hat der Norbert im Wirtshausklo unter das kalte Wasser der Armatur gehalten. Fünf Minuten hat es gedauert, bis er seine Finger wieder halbwegs abbiegen konnte. Ist der junge Leitenbauer nach der Kirche direkt nach Hause gegangen, hat der Norbert immer einen Umweg gemacht. Am Stahlwerk vorbei, in dem am Sonntag manchmal Sonderschichten gefahren wurden. Aus dem Stahlwerk waberten dichte rote Rauchwolken. In und vor der Halle liefen Männer geschäftig herum. Sie trugen blaue, verdreckte Monturen, gelbe, verdreckte Helme und ihre Gesichter waren ebenfalls verdreckt. Der Boden in der Halle war schwarz und schmierig. Ein mannshoher Hammer drosch auf einen rot glühenden Eisenblock ein, der dann mithilfe eines Trennkeils abgehackt wurde, den ein Mann zwischen Hammer und Eisenblock gehalten hatte. Dieser Mann war ein Riese, mit tellergroßen Händen und einem Kopf wie ein Baumstumpf. Der Norbert hatte die Augen geschlossen und atmete den Geruch des Stahlwerks tief ein, bis seine Lungen brannten von den Schwefeldämpfen. Dieser Geruch war ähnlich dem des Traktors vom Leitenbauer. Nur intensiver, roher. Es war der ursprüngliche Geruch des Materials. Der Seelengeruch jeder Maschine, der aus Feuer, Rauch und mechanischer Gewalt besteht. Der Riese hat den Norbert in die Halle mitgenommen, wo es vierzig Grad hatte. Hat ihn hineingesteckt in eine Montur und ihm einen gelben Helm auf seinen Kopf gesetzt. Die Kinderhand des Norbert fest haltend sind sie vor dem Elektroofen gestanden, in den die Elektroden für die Stahlschmelze eingeführt wurden. Der Kranfahrer hat mit einem Greifarm eine Fuhre Schrott in den Ofen hineingeschmissen und der Riese hat dem Norbert ein dunkles Glas vor die Augen gehalten. Dann hat es geblitzt und getuscht, dass die Böllergewehrsalven des Pichlberger Schützenvereins nichts dagegen gewesen sind. Im Moment des Knallens und des Bebens hat der Riese den Norbert an sich gedrückt mit seinen großen Händen. Dieses Gedrücktwerden, obwohl durchaus mit Kraft und Bestimmtheit durchgeführt, ist ein gänzlich anderes Drücken gewesen als jenes, das er vom Leitenbauer gewohnt war. Das Drücken des Leitenbauer war immer grob und ungeduldig. Wogegen das Drücken des Riesen beschützend und ruhig war. Es ist ein väterliches Drücken gewesen, aufmunternd, zärtlich und war somit für den Norbert bis dahin unbekannt. Der Riese hieß eigentlich Hermann und war der Schmiedechef. Dreitausend Grad!, hat der Hermann gerufen, dessen weiße Zähne aus dem schwarzen Gesicht geleuchtet haben während des Aussprechens der Worte. Die Worte haben sich schwer getan zu den Ohren des Norbert zu gelangen, haben sich durch das Krachen des Lichtbogenofens zu kämpfen gehabt. Von den anderen Arbeitern hat man auch nur die weißen Zähne aus den schwarzen Gesichtern blitzen sehen, wobei man nicht gewusst hat, ob sie geschrien oder gelacht haben oder beides. Dieses Blitzen wurde nur von den langen Schlucken unterbrochen, die sie aus ihren Bierflaschen genommen haben. Wegen der Hitze haben sie ihr Bier auf einen Zug ausgetrunken. Der Hermann hat dem Norbert die Produktionsschritte erklärt. Die einzelnen Prozesse beschrieben, die Verwandlung des Schrotts in Stahl. Hat ihm die Stranggussanlage gezeigt, die Schmiedepresse, den Freischmiedehammer und die Trennmaschine mit der anderthalb Meter im Durchmesser großen Trennscheibe. Hat ihm die Elektroden gezeigt, die, gespeist von einem haushohen Transformator, mit einem gewaltigen Lichtbogen das Eisen zum Schmelzen brachten. Überall hat es gerochen nach Zunder und Schwefel. Stücke der Schlacke wurden durch die Luft geschleudert und rieselten heiß auf den Norbert runter. Sind in seinen Kragen gefallen und haben die auf der Kinderhaut gewachsenen feinen Härchen verbrannt. Haben die Wirklichkeit und die Gegenwart des Norbert zersetzt auf eine ihm bislang unbekannte Art, die in den Norbert wie eine große Verliebtheit hineingefahren ist. Als einzig zu konservierende Liebe in dem momentanen Leben des Norbert. Die als so bezeichnete Schwerindustrie, die im Grunde für den Menschen die aufreibendste und schädlichste Umwelt ist, hat ihn mit Zuversicht und Vorfreude erfüllt. »Die Maschine ist unsterblich und der Mensch stirbt aus, Kreisky. Wie ich zum ersten Mal im Stahlwerk war, hab ich es gewusst. Bin ich infiziert gewesen von der Technik und den Prozessen, die alle logisch gewesen sind, wo auf dem Leitenbauerhof alles unlogisch gewesen ist für mich. Von dem Moment an habe ich gewusst, dass ich weg muss vom Leitenbauerhof. Weg von den Leitenbauerischen. Weg von den Wäldern, Bergen und Wiesen und den Kühen, die darauf herumgestanden sind und vor denen mir gegraust hat schon, wirklich wahr. Wie mich der Hermann mit der Draisine durch das Stahlwerk geführt hat, hab ich es gewusst. Nur weg von dort. Wie soll man das denn aushalten ein Leben lang? Gar nicht ist es zum Aushalten, Kreisky, sag ich zu ihm. Ist es nicht so? Natürlich ist es so! Wirklich wahr«, sagt der Herr Norbert.

Als der Norbert am späten Nachmittag am Leitenbauerhof ankam, war der Leitenbauer schon wieder weg. Hat sich sein Ausgehgewand angezogen gehabt, was das Vereinstrachtenkostüm des Kameradschaftsbunds war. Mit dem Spruch: Heute trinke ich über den Durst hinaus weiter, ging er runter ins Dorf, wo bei dem Zeltfest die vom Leitenbauer verehrten Mürztaler Lausbuben aufspielten. Von den Mürztaler Lausbuben war der Leitenbauer ein großer Fan. In der Stube hing sogar eine Fanpostkarte der Mürztaler Lausbuben. Auf diese Fanpostkarte waren einmal alle Autogramme von ihnen unleserlich hingekritzelt worden, bei einer Autogrammstunde der Mürztaler Lausbuben, die natürlich in Wirklichkeit keine Lausbuben, sondern *sowohl* ausgewachsene *als auch* ausgefressene Männer waren. Die Musiker dieser steirischen Trachtenkapelle schauten alle aus wie der Leitenbauer selbst, mit dem Unterschied, dass sie eine Trompete, eine Gitarre, eine Klarinette, eine Tuba, eine Querflöte, eine Posaune, eine Ziehharmonika, ein elektronisches Klavier und ein Mikrofon in ihren Händen hielten. Mit diesen Instrumenten spielten sie die vom Leitenbauer am meisten geliebte Musik, nämlich die volkstümliche. Die volkstümliche Musik war deshalb auch den ganzen Tag in der Stube zu hören. »Auf der Autogrammkarte hab ich mir die Fressen der Mürztaler Lausbuben täglich anschauen müssen. Diese eingefrorenen, unnatürlich in die Kamera schauenden Fressen. Die Kombination der Fressen mit der Musik aus dem Radio und der Fresse vom Leitenbauer hat mich dazu getrieben, die volkstümliche Musik und die volkstümlichen Musikanten bis aufs Blut zu hassen. Je mehr sich der Leitenbauer gefreut hat, desto mehr habe ich sie für ihre Musik und ihre runden, gesunden Gesichter gehasst. Die Gesichter auf der Autogrammkarte der Mürztaler Lausbuben sind deshalb die grauslichsten Fressen für mich gewesen die es gibt, Kreisky, wirklich wahr.«

Was in Wirklichkeit falsch und aufgesetzt war, war für den Leitenbauer echt und authentisch. Die Mürztaler Lausbuben waren für den Leitenbauer der Inbegriff der steirischen Seele. GLEICH UND GLEICH GESELLT SICH GERN, hat die Mutter immer gesagt, was wahrscheinlich der Grund dafür war, warum dem Leitenbauer die Mürztaler Lausbuben so getaugt haben. War auf dem Radio versehentlich einmal ein anderer als der Pichlberger Regionalsender eingestellt, wurde dort gerade die vom Leitenbauer gehasste *moderne Negermusik* gespielt, wie er sie nannte, schon stellte er in einer unangebrachten Hektik die seiner Meinung nach richtige Frequenz ein. Bei den ersten Klängen einer Trompete oder der steirischen Knopferlharmonika war der Leitenbauer wieder beruhigt. Wurde bei einem Refrain das vom Leitenbauer so beliebte Hollodero! gesungen, schon klatschte er in die Hände, stampfte mit einem Fuß auf den Boden und stimmte begeistert in das Hollodero! ein. In dieser Pose ist der Leitenbauer auch zu Beginn des Auftritts der Mürztaler

Lausbuben beim Pichlberger Zeltfest dagestanden. Dieses Zeltfest war eine Mürztaler Institution und wurde abwechselnd von der Gemeinde Pichlberg und deren Nachbargemeinde Brandtal veranstaltet. Bei der einwöchigen Veranstaltung war der Leitenbauer zumindest einmal anwesend. Meistens bei der Schlussveranstaltung, bei der immer auch eine bekannte österreichische volkstümliche Musikgruppe auftrat, des Öfteren auch die Mürztaler Lausbuben. Als die das erste Lied ausgespielt hatten, befanden sich bereits fünf Krügel, also zweieinhalb Liter Bier, im Bauch des Leitenbauer. Zusammen mit den Kameraden vom Pichlberger Kameradschaftsbund saß er auf den Holzbänken der Freiwilligen Feuerwehr Pichlberg, die unter dem Ehrenschutz der Bürgermeister von Pichlberg und Brandtal für die Sicherheit Sorge zu tragen hatten. Sobald die Mürztaler Lausbuben auf der Bühne ihren Zinnober aufführten, wie man die Darbietung bezeichnen muss, wurde der Tanzboden augenblicklich von Steireranzügen und Dirndlkleidern gestürmt. Hollodero, der Leitenbauer!, hat dieser ausgerufen und sofort zehn Reininghaus Augenkannen, wie die kugelförmigen Bierkrüge heißen, mit den Worten: zehn Bier für die Musi!, bei der großbusigen Servierdame bestellt. Drehte er den Rest des Jahres jeden Schilling zweimal um, wie man so schön sagt, ließ seiner Frau und den Kindern nicht die geringste Aufmerksamkeit in

Form eines Geschenks zukommen, weil ihm Geschenke als etwas Unnützes vorkamen, war er bei der Bestellung von Bier für die Musikanten und der Trinkgeldvergabe an die großbusigen Servierdamen immer sehr spendabel. Mit der Frage, was kostet die Welt und sich die Frage gleich selbst mit hundert Schilling beantwortend, steckte er den Hunderter der überraschten Servierdame in den Ausschnitt. Aus Dankbarkeit schenkte die ihm eine Augenkanne mit dem guten Reininghaus Bier, worauf der Leitenbauer ein erfreutes Vergeltsgott ausrief. Auf der anderen Seite des Tanzbodens stand der Tisch der Brandtaler Freunde der Blasmusik, wie der Verein in Anlehnung des bekannten Spruches hieß. Diese Freunde der Blasmusik waren dem Kameradschaftsbund seit jeher verhasst, aus dem einzigen Grund, weil sie keine Pichlberger, sondern Brandtaler waren. Der in Österreich weit verbreitete Lokalpatriotismus war sowohl in Pichlberg als auch im Brandtal ein beliebter Brauch. Diesen Brauch ausübend, wurden schon viele Generationen meist männlicher Pichlberger und Brandtaler in das Landeskrankenhaus Mürzzuschlag eingeliefert und in der dortigen chirurgischen Ambulanz wieder zusammengeflickt. Der Leitenbauer, als Freund der Tradition und des Brauchtums, sprach sich leidenschaftlich dafür aus, diesen Brauch nicht der Vergessenheit anheimfallen zu lassen. In der allgemeinen Euphorie über die

Darbietung des Zinnobers der Mürztaler Lausbuben wurde bereits im gesamten Zelt auf den Tischen getanzt und eine Augenkanne Reininghaus um die andere in die Kehlen der Zeltfestbesucher geschüttet. Um die ganzen Biere auszutrinken, die ihnen von den Zeltfestbesuchern spendiert wurden, hätten sich die Mürztaler Lausbuben im Zuge des Abends dreimal den Magen auspumpen lassen müssen. Nach dem Höhepunkt des Auftritts der Mürztaler Lausbuben, der das beliebte Dachsteinlied, die steirische Landeshymne also, war, das von ihnen in eine zeltfesttaugliche Version umgemodelt worden war, hatte der Leitenbauer, ebenfalls auf dem Tisch stehend, gerade sein zehntes Reininghaus ausgetrunken und die leere Augenkanne in seiner Hand gehalten. Wie vom Schicksal gewollt, konnte er aus dem Augenwinkel beobachten, wie der Obmann der Brandtaler Freunde der Blasmusik mit dem Zeigefinger auf den von den Kameradschaftsbündlern besetzten Tisch herüberdeutete, und gleich darauf die versammelten Freunde der Blasmusik in ein Gelächter, ein lautstarkes quasi, ausbrachen. Die durch den Vollrausch des Leitenbauer geschärfte Sensorik erfasste unverzüglich die vom Vereinstisch der Freunde der Blasmusik ausgehende Feindseligkeit, ganzkörperlich jetzt. Mit der Kraft des Helden, der zur Ehrenrettung der Seinigen an ihrer statt für die Demütigung eintritt, warf er mit einem weit ausholenden Schwung die Reininghaus Augenkanne in Richtung Obmann der Freunde der Blasmusik. Die Augenkanne schlug drei Sekunden, nachdem sie die Hand des Leitenbauer verlassen hatte, in die Schläfe des Obmanns der Freunde der Blasmusik ein. Fegte die durch die Leitenbauerische Beschleunigung zum Geschoß mutierte Augenkanne den Obmann der Freunde der Blasmusik von dem Bierzelttisch. Diese spontane Einzelreaktion des Leitenbauer diente in der Folge als Auslöser der Kettenreaktion, die im Schwager des blutüberströmt am Boden liegenden Obmanns der Freunde der Blasmusik ihren Ursprung fand. Mit dem Ausruf, dich bring ich um, du Dreckschwein, sprang besagter Schwager von dem Bierzelttisch und rekonstituierte die Freunde der Blasmusik einstimmig zu den Feinden des Pichlberger Kameradschaftsbunds. Umgehend segelte eine Wand von Augenkannen in Richtung Kameradschaftsbund, die hart auf deren Köpfen aufschlug und die überraschten Kameraden, die von der Einzelreaktion des Leitenbauer nichts mitbekommen hatten, vom Bierzelttisch fegte, wie vorher den Obmann der Freunde der Blasmusik. Nur mit Mühe ist die polnische Hilfskraft hinter der Ausschank mit dem Abwasch und Nachschub frischer Augenkannen nachgekommen. Durch Anwendung abartiger Gewalt hat man sich bereits im ganzen Bierzelt mit Fäusten, Füßen und Augenkannen die vom Bierrausch verschwollenen Fressen eingeschlagen. Der Zinnober der mutmaßlich fröhlich weiterspielenden Mürztaler Lausbuben vermischte sich mit dem Blut der Getroffenen und dem aufgewirbelten Dreck der zertrampelten Zeltfestwiese. Schon zehn Minuten später hat die Freiwillige Feuerwehr die bewusstlos geschlagenen beziehungsweise gesoffenen Leiber vor dem Bierzelt auf Dutzenden Bierzeltbänken zur Abholung für das Rote Kreuz hergerichtet gehabt. Der Leitenbauer konnte sich, durch seine ganzkörperliche Sensibilität und mithilfe der großbusigen Servierdame unter die Ausschank und in weiterer Folge unter der Zeltwand durchkriechend und somit ins Freie flüchtend, vor der dräuenden Augenkannenwand der Brandtaler in Sicherheit bringen. Beim Eintreffen der Gendarmerie und der Rettung hatte er schon in das hinter dem Bierzelt gelegene Feuerwehrdepot gespieben und sich im Schlauchraum eben dieses Depots vor den Gendarmen versteckt.

»Natürlich ist er bei diesen Massenschlägereien immer ungeschoren davongekommen, Kreisky, sag ich zu ihm. Hat sie zuerst angezettelt und war dann selber auf einmal verschwunden. Immer war er auf einmal weg. Für das Zusammenhalten ist er schon gewesen, aber nur, wenn es um seine eigene Haut gegangen ist. Nur dann, nicht wahr, Kreisky?, sag ich zu ihm. Für das Umbringen unnützer Tiere war er, der Leitenbauer. Für das Schlachten und den Krieg. Gegen die Neger und die Brandtaler und dafür, dass man sie halb totschlägt. Gegen jeden Fortschritt und für die traditionellen Bräuche. Gegen die Städter und für die Bauern. Gegen die Piefke, aber für das Deutsche. Gegen die Drogensüchtigen, aber für das gemütliche Saufen. Gegen die Technik, aber für den Traktor und die Melkmaschine und den Schlachtschussapparat. Gegen den Tierschutz und für die Fischerei und für die Jagd. Gegen die Weiber und die Leitenbauerin. Gegen die Leitenbauerbuben und gegen mich, Kreisky, oder stimmt's etwa nicht? Vor allem gegen mich ist er gewesen, stimmt doch, Kreisky! Wirklich wahr«, sagt der Herr Norbert.

ICH UND DU, MÜLLERS KUH, MÜLLERS ESEL, DER BIST DU, hat die Mutter immer gesagt.

Am Abend waren der Norbert und seine Mutter in ihrem Zimmer. Während sich im Dorf die Pichlberger und Brandtaler gegeneinander, aber auch untereinander körperlich mit der größten Freude schwer verletzten und der Leitenbauer sich im Schlauchraum des Pichlberger Feuerwehrdepots vor den Gendarmen versteckte, saß die Mutter vom Norbert auf ihrem Stockerl an dem kleinen Tisch und häkelte. Die meiste Zeit sah der Norbert die Mutter, wenn sie nicht gerade arbeitete für die Leitenbauerischen, auf diesem Stockerl sitzen und häkeln oder stricken. Diese Arbeit übte sie leidenschaftlich aus, weil sie angeblich beruhigend auf sie wirkte. Dabei summte sie immer eine Melodie. Für den Norbert Socken, Stutzen, Hauben und Pullover strickend und häkelnd, hatte sie immer diese Melodie auf den Lippen. Diese Melodie beruhigte auch den Norbert immer, der diese Melodie liebte, die ihm nie aus dem Kopf ging, auch die ganzen späteren Jahre nicht, als er zum Beispiel im Arnautovič Kinderheim der Stadt Wien in seinem Stockbett lag und in seinen Gedanken das Summen dieser Melodie durch seine Mutter hörte. All diese Jahre wusste er nicht, von wem diese Melodie ist. Jahrelang hatte er diese Melodie lediglich als von seiner Mutter gesummt im Kopf und wusste nie, wie diese Melodie tatsächlich klänge, wenn sie zum Beispiel von einem Orchester gespielt würde. Dem Summen seiner Mutter also zuhörend, ist der Norbert in seinem Bett gelegen und hat in seinem Lieblingsbuch gelesen. Dieses Buch war *Die Schatzinsel* von Stevenson, das er von der Mutter einmal zum Geburtstag geschenkt bekommen hatte. In diesem Buch hat er gelesen und der summenden Mutter und dem knisternden eisernen Kanonenofen zugehört. So war es dem Norbert möglich, in eine andere Welt abzutauchen, wie man so schön sagt. In dieser anderen Welt war der Norbert mit Jim Hawkins, wie der junge Held des Buches heißt, auf der Hispaniola unterwegs zur Schatzinsel. Die Leitenbauerkeusche war die Kajüte auf der Hispaniola, in der er sich verkrochen hat, begleitet von dem Summen der Mutter, die der Melodie und des Häkelns nicht überdrüssig wurde. Während es im Bierzelt Augenkannen und Faustschläge hagelte, segelte der Norbert in seinem Hirn auf hoher See einem aufregenden Abenteuer entgegen. Dieses Abenteuer ist ihm, obwohl schon mehrere Dutzend Mal gelesen und somit auch erlebt in seiner Fantasie, niemals langweilig geworden. So schauten zum Beispiel das Schiff, die Insel, die Matrosen und die Schurken jedes Mal anders aus. Erzählten sich immer andere, neue, dem Norbert unbekannte Geschichten. Irgendwann ist er dann über dem Buch eingeschlafen und direkt in einen Traum hinübergeglitten. In diesem Traum war der Riese Hermann der Kapitän, aus dessen Pranken glühende Eisenstriemen herausschnellten, mit denen er die in Ketten liegenden männlichen Leitenbauerischen auspeitschte, die noch lebende Katzen als Schuhe trugen, die unter der Last schrecklich schrien. Das Schiff schaukelte in einem Meer toter Tiere zu der von der Mutter gesummten Melodie hin und her, während der Norbert hoch oben am Großmast *Land in Sicht* brüllte. Mit dem Feldstecher, wie ihn die Jäger benutzen, hielt der Norbert sich verkrampft am Mast fest und suchte das entdeckte Land ab. Dort konnte er zu seiner Überraschung den zum Negerkönig gekrönten Pfarrer Probodnig erkennen, der auf einem knöchernen Thron saß, den in Steireranzügen steckende Neger auf ihren Schultern trugen, und die nach den vom Pfarrer Probodnig auf den Boden geworfenen Oblaten gierten, sie aber nicht erreichten, weil sie wie Schneeflocken sofort geschmolzen waren. Zwischendurch wurde er munter, immer dann, wenn die Mutter mit dem Summen aufhörte. Mit dem plötzlichen Verstummen der Melodie versiegte auch der Traumfluss und es schleuderte den Norbert zurück nach Pichlberg auf den Leitenbauerhof in die Keusche und in sein Bett. An diesem Abend ist der Norbert erneut durch das Verstummen der Melodie geweckt worden. Sich zwischen der Welt in seinem Hirn und der Wirklichkeit befindend, hat er in das Gesicht seiner Mutter geschaut, die dann ganz nah mit ihrem Mund an sein Ohr herangekommen ist. Gut hat er das Nachtmahl riechen können, das aus einem Schmalzbrot und einem Glas Buttermilch bestanden hatte. MAUS, MAUS, SUCHT EIN HAUS, WO WIRD SIE NUR RASTEN?, hat sie ihm ins Ohr geflüstert und vorsichtig aus dem Bett gehoben, um ihn nicht ganz aus dem Schlaf zu reißen. Hat ihn zum Kasten hinübergetragen, der eine große untere Lade gehabt hat. In die geöffnete Lade hat sie den Norbert reingelegt. Diese Lade ist dem Norbert als Kleinkind der liebste Schlafplatz gewesen. In dieser Lade liegend hat er das Krabbeln der Mäuse hören können, die ebenfalls in diesem alten, wurmstichigen Kasten gewohnt haben, das ihn ruhig hat einschlafen lassen. Jetzt ist er schon etwas zu groß für die Lade gewesen und er hat seinen Rücken krümmen und Arme und Beine abwinkeln müssen, um überhaupt Platz zu finden. Die Lade hat die Mutter zurück in den Kasten geschoben und einen kleinen Spalt offen gelassen, für die Luft und gegen die Angst. Dann hat sie sich zurück auf ihr Bett gesetzt, die Hände in den Schoß gelegt und gewartet. Das Summen und das Häkeln hatten aufgehört. Der Norbert ist bereits aus seinem Traum erwacht gewesen, die letzten Fetzen sind verflogen gewesen und fast im gleichen Moment, in dem er über ihn nachgedacht hat, vergessen worden. »Ist es nicht die Hauptaufgabe unseres Gehirns, die Sachen, die wir so erleben, zu vergessen? Erst durch das Vergessen ist es uns möglich, weiterzuleben, oder? Die Erinnerung ist die Mülldeponie unseres Gehirns, wohin der Sondermüll abgeschoben wird, der nicht verrottet und dort lagert und uns das Leben schwer macht, wirklich wahr, Kreisky, sag ich zu ihm.« Das Herz des Norbert hat jetzt wieder angefangen schneller zu schlagen. Sobald er den Schlaf verlassen hat, die Aufmerksamkeit vom Inneren auf das Äußere gelenkt worden ist, hat das Herz angefangen schneller zu schlagen. Abwechselnd hat er in der gekrümmten Kniebeuge, der abgewinkelten Armbeuge und den Schläfen seinen Puls spüren können. Wie ein Schlagzeug hat er den Puls spüren können, der immer schneller geworden ist durch die Eingepferchtheit in der unteren Lade des Mauskastens. Hatten ihn die Geräusche der Mäuse als Kind beruhigt, war jetzt das Gegenteil der Fall. Obwohl er keine Geräusche gehört hat, ist ihm alleine der Gedanke, in einem Kasten voller Mäuse zu sein, widerlich gewesen. Es konnten auch tatsächlich gar keine Geräusche zu hören sein, weil der Norbert wusste, dass der Leitenbauer längst alle Mäuse hatte umbringen lassen seinerzeit, mit der chemischen Keule quasi, dass dem Norbert und seiner Mutter noch wochenlang danach die Hälse brannten. Der Norbert hat sehen können, wie sich die Mutter immer wieder die Falten der Schürze glatt gestrichen und sich abwechselnd mit der linken und der rechten Hand das Haar nach hinten gelegt hat, um es gleich darauf wieder zu bürsten und wieder zurückzulegen et cetera. Ihre Wangen sind rosa gewesen und ihr Blick ist durch den Raum geeilt und an der Tür hängen geblieben, die sich jetzt so langsam öffnete, dass der Norbert darauf hat starren müssen, um es überhaupt zu bemerken. Dieses Öffnen ist ihm so lange vorgekommen, dass er beinahe wieder eingeschlafen wäre. Dann ist eine Gestalt eingetreten und erst im schwachen Licht der Lampe ist die Gestalt als Leitenbauer erkennbar geworden. War die Gestalt optisch eindeutig der Leitenbauer, so hat er es trotzdem unmöglich sein können. Der viereckige Oberkörper, die kurzen dicken Beine, der Quadratschädel: alles eindeutig Leitenbauer. Und doch hat er anders ausgeschaut, ist er für den Norbert ein Fremder gewesen. »So wie die Toten mit ihrem Aussehen als Lebende nicht mehr das Geringste zu tun haben, das kennst du doch, Kreisky, oder? Ihr totes Gesicht ganz anders ist auf einmal. Sie von einer Sekunde zur nächsten das Aussehen verändern, obwohl es der gleiche Körper, das gleiche Gesicht ist, das du anschaust, wirklich wahr.« Der Leitenbauer hat ganz langsam seinen Hut abgenommen, wo er sich sonst immer den Hut vom Kopf heruntergerissen und in die Ecke auf den Boden geschmissen hat, von wo ihn die Leitenbauerin aufhob und an einer extra für den Hut reservierten Stelle aufhängte, die ein Hirschhornhaken war, ein Krickerl, wie die Bauern dazu sagen. Den Hut erst in der Hand haltend und ihn mit seinen Fingern im Kreis drehend, hat er ihn zögerlich mit einem zu kurzen Schritt nach vorne, dass er seinen Oberkörper unnatürlich hat strecken müssen, auf den kleinen Tisch gelegt, vor dem die Mutter gerade noch, also knapp vor dem Hinunterfallen, auf der Bettkante gesessen ist. Gleich hat er den Oberkörper wieder zurückgezogen und einen

Schritt, jetzt aber größer, zurück gemacht. Die Stimme vom Leitenbauer ist nicht zu hören gewesen, so leise hat er gesprochen in dem Moment. Wobei die Mutter ihn anscheinend gut hat hören können, weil die gehörten Worte den Kopf in ihre Hände haben sinken lassen. Die Bewegungen des Leitenbauer waren gewandt und die Schritte, mit denen er jetzt langsam auf die Mutter zugegangen ist, haben dem vierschrötigen Körper eine geradezu noble Erscheinung verliehen. Der Norbert hat wegen dem kaum hörbaren Flüstern des Leitenbauer nichts von dem Gesagten verstanden und jetzt wegen seinem rasenden Herzen, das in seinen Ohren getrommelt hat, gar nichts mehr hören können. Durch die neuartigen Bewegungen des Leitenbauer ist ihm seine Widerwärtigkeit fast komplett abhanden gekommen. Die versoffene Fresse ist beinahe liebenswert geworden dadurch. Ihren Kopf hat die Mutter dem nun ebenfalls auf der Bettkante sitzenden Leitenbauer auf die Schulter gelegt, immer die Sätze, MACHEN WIR UNS NICHT UNGLÜCKLICH, und, MACH DICH NICHT UNGLÜCKLICH, oder, ICH WILL MICH NICHT UNGLÜCKLICH MACHEN, in den Leitenbauerischen Oberkörper hinein gesagt. Diese ablehnenden Worte einmal ausgesprochen und immer wütender geworden, hat sie den Leitenbauer aber nicht weggestoßen, sondern ihn im Gegenteil immer fester an sich gedrückt. Ihre Finger in seinen

Rücken gegraben, schluchzend und jammernd seinen Hals und sein Gesicht geküsst. Hat ihm den Walkjanker, das Hemd und das Unterhemd heruntergezerrt, dass der nackte Oberkörper mit der weißen Haut zum Vorschein gekommen ist, die im Kontrast zu dem roten Gesicht völlig deplatziert und unnatürlich gewirkt hat. Durch diese hektischen Bewegungen sind der Mutter die Träger des Kleides von den Schultern und somit beide Brüste aus dem Ausschnitt gerutscht. Über eine hat der Leitenbauer seinen bärtigen Mund gestülpt, daran gesaugt und gleichzeitig mit der linken Hand die andere durchgewalkt. Die eleganten Bewegungen, die dem Leitenbauer zuvor ein menschliches Antlitz verliehen haben, wurden durch die grobe Behandlung der mütterlichen Brüste zunichte gemacht. Die Mutter aber hat sich, immer noch schluchzend und wimmernd, auf den Rücken geworfen und den Leitenbauer über sich gezogen wie eine Bettdecke, der in unbeholfenen, ruckartigen Bewegungen versucht hat, seine Lederhose über die Knie hinunter zu bekommen und bei diesem Versuch gezappelt hat wie ein an Land liegender, erstickender Fisch. Die Mutter hat ihren Rock hochgezogen, unter dem sie keine Unterwäsche trug, und der Norbert hat gesehen, wie der Leitenbauer seinen dicken Finger in die Mutter hineinsteckte. In ihrem mit dichtem schwarzen Haar verwachsenen Unterleib herumgestochert hat wie in einem waidwunden Reh, das zum Aufbrechen vorbereitet wird. »Kreisky, sag ich zu ihm, was ist das für ein Mensch, der in fremder Kinder Mütter herumstochert? Kannst du mir das vielleicht sagen? In der Lade bin ich gelegen und habe vor Wut nach Luft geschnappt. Die hat aber gestunken als wie, weil sie eine Mischung aus Schweiß, Bier, dem Geruch des Sautrogs und Schweinescheiße war. Um mich von dem Ganzen abzulenken, hab ich mir wie gewohnt das Wort Sauschädelschmaus vorgesagt. Immer wieder, Hunderte Male, hab ich mir das Wort Sauschädelschmaus vorgesagt. Sauschädelschmaus, Sauschädelschmaus, Sauschädelschmaus. Bis ich es mir wieder zerdenkt gehabt habe, Kreisky, wirklich wahr.« Aber es hat nichts genützt. Die Geräusche der Leitenbauerischen Zärtlichkeiten waren stärker. Das leise Schmatzen der Küsse, die er der Mutter auf Gesicht und Oberkörper gegeben hat, hat sich hineingebohrt in das Hirn vom Norbert und dort in eine Wut verwandelt, die das Herz nur noch schneller hat schlagen lassen. Die geflüsterten Worte, die die beiden einander ins Ohr gehaucht haben, sind zu einem bedrohlichen Zischen, so wie das Quietschen des Bettes zum qualvollen Schreien einer verreckenden Kreatur geworden. Als er aus der Lade gestiegen ist, hat die Mutter ihre Beine um den Oberkörper des Leitenbauer gewickelt gehabt, der schwer atmend in regelmäßigen

Abständen sein Becken zwischen ihre Schenkel gedrückt und dabei die weißen Arschbacken bei jedem Ruck zusammengepresst hat. Aus den geschlossenen Augen der Mutter sind zwei Tränenbäche über ihren lächelnden Mund gelaufen, aus dem unregelmäßig leises Stöhnen gedrungen ist. Aus dem Stöhnen ist allmählich ein Summen geworden, das, zwar in einer unrichtigen zeitlichen Abfolge die Töne aneinanderreihend, am Ende doch für den Norbert eindeutig erkennbar die geliebte Melodie ergeben hat. Langsam hat sie dabei den Kopf hin und her gewogen, hie und da die Melodie unterbrochen, wenn ihr zum Beispiel der Leitenbauer in einer spontanen starken Erregung sein Becken in den Unterleib gestoßen hat. Ihre Arme sind teilnahmslos von den Bettkanten des schmalen Bettes gebaumelt, das zusätzlich den Leitenbauer in sich aufnehmend, noch winziger, wie ein Puppenbett, ausgesehen hat. Nach einem kurzen, heftigen Zucken des Beckens, bei dem die Arschbacken des Leitenbauer applaudiert haben, so heftig sind sie aneinander und wieder auseinander bewegt worden, ist er liegen geblieben wie erschossen. Zwischen ihren Schenkeln steckend, ist er mit seinem ganzen Gewicht auf ihr gelegen. Die stacheligen Hoden hingen schlaff herunter, bis sie die Tuchent berührten und zu seinem Glück dem Norbert den Blick auf das mütterliche Arschloch verdeckten. Seine Arme sind neben den Armen der

Mutter gebaumelt, haben diese zufällig immer wieder leicht berührt. Die Mutter ist jetzt mit dem Zeigefinger ihrer rechten Hand den Arm des Leitenbauer auf- und abgefahren. Hat ihre Augen aufgeschlagen und den Norbert bemerkt, der hinter dem Bett gestanden ist. Hat in ihrer Überraschung, weil sie den Norbert komplett vergessen, ihn immer noch in der Lade bei den Mäusen schlafend gewähnt hat, gleichzeitig ihren Kopf geschüttelt und flüsternd NEIN gesagt. NEIN, NORLI, hat sie zu ihm gesagt und versucht, den für sie viel zu schweren Leitenbauer mit ihren dünnen Armen hochzustemmen. Der hat sich gleich darauf selbst aufgerichtet, sich umgedreht, seinen massigen Körper seitlich nach hinten verrenkt und mit einem verwunderten Ausdruck im Gesicht zum Fuß des Bettes geschaut. Gleichzeitig ist der Eisstock, den der Norbert mit beiden Händen wie beim Holzhacken hat herabfallen lassen, in die Fresse des Leitenbauer eingeschlagen. Der Eisstock, der mit einem Eisenring umfasst war, hat von der verwunderten Leitenbauerfresse kaum Widerstand zu erwarten gehabt. Deshalb ist er auch in die rechte Gesichtshälfte des Leitenbauer hineingefahren und hat ihn auf den Körper der Mutter zurückgeschleudert, wo er bewusstlos liegen blieb. ACH, WIE GUT, DASS NIEMAND WEISS, hat die Mutter gesagt.

»Ich meine, das kann einem doch keiner verdenken, Kreisky, oder? Noch dazu einem Kind nicht. Aber der Leitenbauer hat immer jedem alles verdenkt. Um es demjenigen zurückzuzahlen einmal. Kind hin oder her. Hat es zwar abgestritten, doch je mehr er es abgestritten hat, desto mehr hat er es demjenigen verdenkt. Verdrängen und verschweigen, aber ja nicht vergessen. Das sind für den Leitenbauer die angesehensten Tugenden gewesen, Kreisky, sag ich zu ihm. Das hat er am besten gekonnt. Keiner hat so gut so tun können, als ob nichts passiert wäre, wie der Leitenbauer, wirklich wahr«, sagt der Herr Norbert.

Der Leitenbauer blieb aufgrund seiner Rossnatur nicht lange bewusstlos. Zusammen mit dem Norbert hat die Mutter den noch damischen, durch den eigenen Eisstock entstellten Leitenbauer auf das Stockerl gesetzt. Der Leitenbauer hat schwer geatmet, seinen blutenden Kopf mit beiden Händen gestützt und sich über den Schiffboden gebeugt. Darauf hat sich bereits eine dunkle Blutlache gebildet, in der das Hineinklatschen der Blutstropfen deutlich zu hören war. Nach einiger Zeit haben der Norbert und seine Mutter auf seinen Befehl hin den Leitenbauer auf den Leiterwagen zu legen gehabt, der immer in der Garage hinter dem Traktor stand. In diesem Leiterwagen ist der Leitenbauer durch die dunkelgraue Nacht vom Leitenbauerhof weg und ins Dorf transportiert worden. Zu hören war auf diesem für alle Beteiligten beschwerlichen Weg nur das Ächzen des hölzernen Leiterwagens und das regelmäßige Stöhnen des Leitenbauer, wenn der ungefederte Leiterwagen ruckartig in ein Schlagloch gerumpelt und der Kopf des Leitenbauer hart auf die Holzplanke dahinter aufgeschlagen ist. Als das Bierzelt endlich in Sichtweite war, hievten sie den Leitenbauer vom Leiterwagen herunter und stellten ihn auf seine Beine, auf denen er trotz ihrer baumstumpfartigen Beschaffenheit herumwankte. EIN INDIANER KENNT KEINEN SCHMERZ, hat die Mutter gesagt und sanft über den blutverschmierten, zum Teil bereits verkrusteten Kopf des Leitenbauer gestrichen, sich umgedreht und sich mit dem Norbert und dem Leiterwagen auf den Weg zurück zum Leitenbauerhof gemacht. Der Leitenbauer hat sich weiter zur Zeltfestwiese geschleppt, auf der er, erneut bewusstlos geworden, schließlich zusammengebrochen ist. In Zusammenarbeit mit der Freiwilligen Feuerwehr wurde die Zeltfestwiese, die eher einem Schlachtfeld als einem Vergnügungsgelände glich, von den Schwerverletzten gesäubert. Am nächsten Tag würden nur mehr die zertretene Wiese, einige verstreute Glassplitter zerschlagener Augenkannen und vereinzelte bunte Reste von Erbrochenem an das Fest erinnern. Schon eine Woche später würden Pensionisten ihre Hunde über die Wiese spazieren führen, Kinder Fußball spielen und die sommerliche Abenddämmerung würde die letzten Sonnenstrahlen darüberstreicheln lassen, als wäre nie etwas passiert.

»Eines hab ich gelernt seinerzeit, Kreisky, unter der Idylle ist das Ungute zu Hause. Das kannst du mir glauben. Je idyllischer, desto unguter. Die Formel kann sich ein jeder ganz leicht merken. Dazu muss man kein Rechengenie sein, Kreisky, wirklich wahr«, sagt der Herr Norbert.

Die Verletzten wurden in das Landeskrankenhaus Mürzzuschlag zum Zusammenflicken der zertrümmerten Fressen und Gliedmaßen eingeliefert. Bei den auszubildenden Turnusärzten war das alljährliche Pichlberger beziehungsweise das Brandtaler Zeltfest äußerst beliebt. Aus den verschiedenen steirischen Landeskrankenhäusern reisten die jungen Turnusärzte zur Zeit der Zeltfestwoche in das Mürztal, um an den verschiedensten Verletzungen der zuhauf eingelieferten Patienten ihre Techniken zu verbessern. In der Woche, in der auch der Leitenbauer mit einem Schädelbasis- und Jochbeinbruch eingeliefert wurde, entfernten diese jungen Ärzte von jeweils unterschiedlichen Personen drei zerquetschte Daumen, einen kleinen Zeh, ein halbes Ohr und mehrere Zähne, die im krankenhauseigenen Biosondermüllcontainer entsorgt wurden, wie es die obersteirische Zeitung in ihrer Schlagzeile titulierte. Der

Rest der lose an den Patienten hängenden Körperteile konnte durch chirurgische Kunstgriffe zurück an ihren Platz genäht, genagelt und geschraubt werden. Das Pichlberger Zeltfest war für die Turnusärzte ergiebiger als zum Beispiel eine Massenkarambolage auf der Autobahn oder ein Zugunglück. Später, bei der ambulanten Wundkontrolle, würden sich die Feinde im Wartezimmer des Krankenhauses eingefunden haben und zur Überbrückung der Wartezeit manchmal sogar einen Bauernschnapser anreißen. Würden sich lachend und schenkelklopfend an die Nacht zurückerinnern und nach der Wundkontrolle gemeinsam auf ein Seidel Bier gehen, in das Krankenhauscafé zum Beispiel, und später, nach dem fünften Seidel Bier, erneut über irgendwas in Streit geraten. Durch die Nacht-und-Nebel-Aktion konnte sich der Leitenbauer der Verantwortung für den Ehebruch entziehen. Zwar unter Schmerzen, aber doch elegant. Weder die Leitenbauerin noch die Leitenbauerbuben schöpften aufgrund der für sie völlig plausiblen bei dem Zeltfest erlittenen schweren Kopfverletzung des Leitenbauer Verdacht. Wurden durch die Verletzung völlig getäuscht durch den Leitenbauer. Niemand hätte je von den außerehelichen Aktivitäten des Leitenbauer erfahren, wären nicht die Auswirkungen dieser Aktivitäten folgenschwer gewesen. Diese Auswirkungen hatten mit dem Norbert allerdings nicht mehr direkt zu tun, war das Schicksal des Norbert doch bereits zum Zeitpunkt seiner Störung des außerehelichen Beischlafs des Leitenbauer mit der Dirn im Leitenbauerkopf beschlossene Sache gewesen und wurde nur durch dessen Krankenhausaufenthalt unnatürlich in die Länge gezogen. Das Urteil war vom Leitenbauer augenblicklich gefällt und mithilfe des Pfarrers Probodnig kurze Zeit später vollstreckt worden. Es war nicht nur ein kurzer, sondern gar kein Prozess, so wie es bei Kindern grundsätzlich üblich ist, weil Minderjährige noch keine eigenen Entscheidungen treffen dürfen oder die sie betreffenden Urteile anfechten können. Beim Anblick des Norbert, nackt auf dessen Mutter liegend, beschloss der Leitenbauer also sofort die Kindsweggabe. Schon einen Monat nach dem Vorfall hatte der Pfarrer Probodnig seine Wiener Verbindungen, wie er gesagt hat, spielen lassen und einen Heimplatz im Arnautovič Kinderheim der Stadt Wien für den Norbert erwirkt. Noch am Krankenbett überbrachte der Pfarrer Probodnig dem Leitenbauer die freudige Nachricht. Nur einen weiteren Monat später stand die Mutter mit dem in seinem Kindersteireranzug steckenden, sich wegen dem Walkjanker am Oberkörper kratzenden Norbert, wie gesagt, am Bahnhof von Pichlberg und wartete auf den Regionalzug nach Mürzzuschlag, von wo aus er den Zug nach Wien nehmen musste.

Der Abschied vom Leitenbauerhof und den Leitenbauerischen war kurz, aber schmerzhaft. Nicht, dass es dem Norbert im Herzen wehgetan hätte, vom Leitenbauerhof weggeschickt zu werden, ohne gefragt zu werden obendrein. Das war ihm im Gegenteil komplett wurscht, bereitete ihm in diesem Moment sogar eine gewisse Freude, diese Weggabe. Das Abschiednehmen konnte tatsächlich nicht einmal so bezeichnet werden. Wird bei solchen Gelegenheiten im Allgemeinen von tränenreichen Abschieden gesprochen, wurde bei diesem Abschied keine einzige Träne vergossen. Eine durch Herzschmerz verursachte jetzt. Der Norbert ging beim endgültigen Verlassen des Leitenbauerhofs weg wie zum Beispiel zur Schule oder zur Kirche. Lediglich das feierliche Gewand, das der Norbert und die Dirn trugen, ließ einen besonderen Anlass vermuten, was auf die Leitenbauerischen aber nicht den geringsten Eindruck machte. Nachdem sie den sonntäglichen Brennsterz aufgegessen hatten, sind die Leitenbauerbuben schnurstracks vom Tisch aufgesprungen und hinter die Holztruhe geeilt, in der das zum Anheizen des Tischherds verwendete Spanholz aufbewahrt wurde. Hinter dieser Holztruhe versteckt, haben sie abwechselnd ihre zu Grimassen verzerrten Fressen gezeigt, dem noch am Tisch sitzenden Norbert die Zunge herausgestreckt und eine lange Nase gemacht. Haben einander zwischendurch zur gegenseitigen Anfeuerung angeschaut und sind in ein hysterisches Gelächter ausgebrochen. Haben kleine Spanhölzer in seine Richtung geworfen, die sich in der wachsenen Oberfläche des Walkjankers verfangen haben. Woraufhin die Leitenbauerin ihren nassen Aufreibfetzen über die Köpfe der Leitenbauerbuben geschlagen und, gebt eine Ruh, ihr Hunde, geschrien hat. Mit nassen roten Köpfen sind sie aufgesprungen, hinausgerannt aus der Stube und damit auch aus dem Leben des Norbert. Sind ihm in diesem Moment verlustig gegangen, in der Weise, wie einem ein schlampig eingesteckter Schlüssel verlustig geht, man das Schloss, das dieser Schlüssel sperrt, aber schon längst vergessen hat. Ebenso wie die Tür, die jetzt für immer verschlossen bleiben muss. Machst dir's leicht, gell, Bub. Gehst weg und lässt uns hier alleine weiterarbeiten. Wo wir so viel Arbeit haben und jede Hilfe brauchen täten, hat die Leitenbauerin gesagt, als wäre es die autonome Entscheidung des Norbert gewesen, vom Leitenbauerhof wegzugehen. Als würde er es nur den Leitenbauerischen zu Fleiß tun, um ihnen damit zu schaden. Hat es in einer ihn der Undankbarkeit bezichtigenden Art gesagt, die Leitenbauerin, die ihm eine Schuld hat aufbürden wollen, wo keine Schuld gewesen ist in Wirklichkeit. Einen undankbaren Bankert sah sie in ihm, diesen Vorwurf der Undankbarkeit sprach sie aber nie laut aus, die Leitenbauerin, der war immer nur in ihren Blicken, Gesten und Handlungen versteckt. Die Mutter des Norbert hat ihm, während er den wie immer versalzenen Brennsterz der Leitenbauerin aß, mit kurzen, zupfenden Bewegungen die Holzspäne aus dem wachsigen Walkjanker entfernt und die dadurch entstandenen Ausfransungen wieder ungeduldig glatt gestrichen. Dieses ungeduldige Gezupfe und Gestreiche diente einerseits zur Bewahrung des ordentlichen Äußeren des Norbert, weil die Mutter vor dessen Abreise zum Schießen eines gemeinsamen Erinnerungsfotos beim Pichlberger Fotofrosch einen Termin vereinbart hatte und auf diesem Erinnerungsfoto einen ordentlichen Norbert abgebildet haben wollte. Sich in ihrer Erinnerung einen GESCHNÄUZTEN UND GEKAMPELTEN Norbert bewahren wollte, wie sie den ganzen Vormittag sagte. Andererseits machte sie es zur Ablenkung von der Trauer, die in ihr steckte, von der sie sich nicht befreien konnte und von dem schlechten Gewissen auch. Der Pichlberger Fotofrosch war eine Institution, wenn es um Aufnahmen diverser Pichlberger und Brandtaler Familien in unnatürlichen Posen und übertrieben zur Schau gestellter Heiterkeit ging. Das Geschäftslokal lag hinter dem Bahnhof. Angrenzend an das Studio betrieb der Besitzer noch einen Altwarenhandel, in dem es kaputte Kameras, Bilderrahmen und allerhand anderen

Krempel zu kaufen gab. Das mutmaßliche Studio, wie es der Besitzer nannte, war in Wirklichkeit ein weiß ausstaffierter ehemaliger Hühnerstall, dessen hintere Wand das Panorama des Grimming zierte, dem Mons Styriae altissimus. Dieses Panoramabild stand in seinem ganzen Kitsch den Bildern der Neger um nichts nach. Hinter dem staubigen Schaufensterglas hingen Dutzende von der Sonne vergilbte Familienfotos, mit starr lächelnden Gesichtern vor dem immer gleichen Grimmingpanorama. Dazwischen hatte der Fotofrosch seiner Meinung nach das Schaufenster aufputzendes Dekorationsmaterial platziert, das zur Gänze unbrauchbares Klumpert war. Unter den Fotos befand sich auch eines der Familie Leitenbauer mit dem Norbert und seiner Mutter. Dieses Bild war vor einigen Jahren auf Wunsch des Leitenbauer zu Ostern nach der Fleischweihe aufgenommen worden. Bei der Fleischweihe durfte der Norbert immer den Korb mit dem guten Geselchten zum Altar nach vorne tragen, wo es der Pfarrer Probodnig segnete und dabei den Norbert auch gleich nass spritzte mit dem faulig riechenden Weihwasser. Nach erfolgreicher Segnung sagte der Leitenbauer, jetzt machen wir ein schönes Foto beim Fotofrosch, und führte die ganze Familie inklusive Dirn und Norbert, die ihm im Gänsemarsch folgten, zum Pichlberger Fotofrosch. Der Fotofrosch in persona stand hinter dem Verkaufstisch und lauerte auf Beute, die in diesem Fall die Leitenbauerischen samt Anhang waren. Kaum hatte er sie erblickt, schon hüpfte er hinter seinem Verkaufstisch hervor und blähte sich mit geöffneten Armen vor der Beute auf. Die Hose hatte sich der Fotofrosch über den Bauchnabel bis zum Brustansatz heraufgezogen, dass die bodenscheu gewordenen Hosenbeine seine spitzen Knöchel entblößten. Sehr schön, sehr schön, kommen Sie nur, kommen Sie nur, hat er gesagt, schaute über die auf der Nasenspitze balancierte Brille und wackelte dabei mit den langen dünnen Fingern, als wollte er die Luft kitzeln. Trieb sie mit energischen Armbewegungen in sein Studio, in dem es immer noch nach gerupften Hühnern roch, und forderte sie dann Hände klatschend zur Aufstellung auf. Den Anweisungen des Fotofrosches Folge leistend, musste sich die Beute in unangebrachter Hektik vor dem Grimmingbild positionieren. Am Fuße des Grimming waren alte Leintücher drapiert worden, welche die schneebedeckten Wiesen hätten darstellen sollen. Die waren aber nicht mehr weiß, sondern schon gelb von der Sonne, die schon zuvor Jahrzehnte auf die Leintücher geschienen hatte. Zudem passten die Proportionen nicht, war der Leitenbauer gleich groß wie der mächtige Grimming, der dadurch ausschaute wie ein Ameisenhaufen. In heller Aufregung hüpfte der Fotofrosch vor seiner Beute auf und ab und schoss zwischendurch mit seiner mechanischen Kamera die Bilder, von denen er eines später in die Auslage hängte. Dieses Bild hing an dem Tag, an dem die Mutter mit dem Norbert ihr Erinnerungsfoto schießen ließ, immer noch dort. Auf den Fotofrosch wartend, der sich gerade beim Fleischhacker eine Leberkäsesemmel holte zur Jause, schaute sich der Norbert dieses Foto an, zum Zeitvertreib. Er selbst dürfte auf dem Foto fünf Jahre alt gewesen sein. An das rot-weiß karierte Hemd, die grüne Kniebundhose und den kleinen Steirerhut, den er aufhatte damals bei der Fleischweihe, konnte er sich noch erinnern. An was er sich nicht hatte erinnern können, war die Art und Weise, wie er auf dem Leitenbauer seinem Knie gesessen war, wie er es jetzt auf dem Bild sah. Eindeutig war es auf dem Foto abgebildet. Der Leitenbauer, am Boden hockend, hatte den kleinen Norbert auf seinem Oberschenkel sitzen. Hielt ihn mit einer Hand am Bauch fest, während er die andere über seiner Schulter und seinen Nacken gelegt hatte. So wie man einen Schmetterling in der Hand hält, darauf bedacht, seine Flügel nicht zu berühren und dadurch flugunfähig zu machen. Dahinter, zwischen Leitenbauer und Grimming, stand die Mutter vom Norbert. Eine Hand lag auf der Leitenbauerschulter, die andere war fest gegen ihr Bein gepresst. Nach einem Abstand, in dem leicht noch ein Mensch Platz gefunden hätte, stand daneben die Leitenbauerin. An ihrer Seite die zwei Leitenbauerbuben, deren Arme vorne verschränkt und deren Köpfe mit den ausdruckslosen Fressen leicht gesenkt waren. Die Leitenbauerin hatte ihre Arme hinter dem Rücken verschränkt und schaute ohne Lächeln in die Kamera. Wie ein Soldat bei der Standeskontrolle. Auf der Fotografie sah es so aus, als wäre die Leitenbauerin die Dirn und die Leitenbauerbuben ihre Bankerte. Als wäre die Mutter die Bäuerin und der Norbert der Hoferbe. Der Fotofrosch hatte eine verkehrte Welt fotografiert in dem Moment. Dieses Foto hat der Norbert, auf den Fotofrosch wartend, das erste Mal überhaupt gesehen. Ist ihm bis dahin völlig unbekannt gewesen. Alle Abzüge dieses Fotos sind von der Leitenbauerin vernichtet worden, bis auf den einen, der in der verstaubten Auslage des Fotofroschs hing. Auf dem Leitenbauerhof befand sich keine einzige Fotografie vom Norbert. Das Abschiedsfoto und das Foto von nach der Fleischweihe waren die einzigen existierenden des kindlichen Norbert. Das Abschiedsfoto ist vom Fotofrosch wieder in seinem Studio geschossen worden, in dem es jetzt nach gerupften Hühnern und Leberkäse gerochen hat, von dem Fotofrosch seiner Jause zusätzlich. Bei dem Anblick dieses Fotos hat der Norbert später immer den Geruch von Leberkäse und gerupften Hühnern in der Nase gehabt. Ist ihm dieser

Geruch von allen Erinnerungen an seine Mutter als letzte geblieben. Der Norbert und die Mutter sind am Bahnsteig gestanden und haben gehört, wie der Fahrdienstleiter das baldige Einfahren des Zuges ankündigte. Außer den beiden war keiner da. JEDER IST SEINES GLÜCKES SCHMIED, hat die Mutter gesagt und dabei an seinem Walkjanker und seinem Hemd herumgezupft. Ist ihm durch seine Haare gefahren und hat die Haut über seinem Jochbein zusammengezwickt, dass er ganz rote Wangerln gekriegt hat. MEIN LIEBER KLEINER NORLI, hat sie gesagt, mit übertriebener Freude, um damit ihre Verzweiflung zu überspielen, so wie es Erwachsene immer tun, um ihre Kinder nicht zu beunruhigen, die Kinder aber ihr Verhalten sofort durchschauen. Ihr ist die Stimme zwischen den Worten abgebrochen und sie hat sich mehrmals Tränen aus den Augen wischen müssen während des Sprechens. MACH MIR KEINE SCHANDE, HÖRST DU?, hat sie gesagt und ihr Gesicht in seinen Walkjanker gedrückt. Hat hineingeschluchzt in den hellblauen Loden, so als würde der Norbert ihr Weinen nicht bemerken, das einen dunklen Fleck auf seinem Walkjanker hinterließ. Als der Zug eingefahren ist, hat sie dem Norbert hastig in die schmalen Lederriemen seines hellroten Leinenrucksacks geholfen und dabei dessen Inhalt aufgezählt. Ein gutes Geselchtes, ein Bauchspeck, zwei Paradeiser, ein Paprika, eine Kante Bergkäse, eine Flasche Süßmost, ein halber Laib Brot, ein Apfel und ein Taschenfeitel haben sich demnach in dem Rucksack befunden, als Reiseproviant. INNE ANNE U UND RAUS BIST DU, hat die Mutter gesagt. Schon ist er im Waggon gesessen, hat das Schiebefenster aufgemacht und sich aus dem langsam abfahrenden Zug hinausgelehnt und mit schnellen Bewegungen der Mutter zugewinkt. Die ist nur dagestanden, hat beide Handflächen auf ihr Gesicht gedrückt und den Kopf geschüttelt. Zwanzig Meter hinter der Mutter ist auf einmal der Leitenbauer gestanden, in seinem schönen neuen Sonntagssteireranzug. Hat mit der rechten Hand seinen Steirerhut gehalten und in weit ausholenden Bewegungen über seinem Kopf hin und her geschwenkt, wie sonst nur die Fahne bei der Kriegerdenkmalsegnung. Immer kleiner ist er geworden, der Leitenbauer, bis er verschwunden ist, wie auch die Mutter, der Bahnhof und das gesamte Pichlberg. Der Zug war schon längst weg, ist der Leitenbauer immer noch so dagestanden und hat den zuglosen Gleisen nachgewunken. Der Norbert hat mit einem Schwung das Schiebefenster zugemacht und sich dabei Mittel- und Zeigefinger beider Hände eingezwickt. Aus Schreck und aus Scham hat er nicht geschrien. Hat die Finger angeschaut, die an den Druckstellen unter den Fingernägeln ganz weiß geworden sind und die Tränen und eine salzige Rotzglocke, die er durch die Nase gezogen hat, hinuntergeschluckt. »Sauschädelschmaus, Sauschädelschmaus, Sauschädelschmaus, hab ich mir vorgesagt, Kreisky. Hab aus dem Zugfenster geschaut, wo der Wald durch die Geschwindigkeit des Zuges wie ein verwischter grüner Fleck ausgeschaut hat. Einen grünen Fleck hab ich gesehen, sonst nichts. Das Blut hat in meinen Fingern gepocht, wie die Schwellen, über die der Zug gefahren ist, an meine Füße. Das weiß ich heute noch, als ob's gestern gewesen wäre. Geht doch alle scheißen, hab ich mir gedacht, Kreisky, sag ich zu ihm, wirklich wahr.«

RUCKEDIGU, BLUT IST IM SCHUH, hat die Mutter immer gesagt, RUCKEDIGU, RUCKEDIGU, RUCKEDIGU. Einen Monat später war sie tot.

Die Uniform des Schaffners im Regionalzug nach Mürzzuschlag war faltenfrei. Genauso akkurat wie sein Schnauzer, der ihm aus dem Gesicht gewachsen ist und seine Oberlippe gänzlich verdeckt hat. Es war das erste Mal überhaupt, dass der Norbert in einem Zug gefahren ist. Du bist also der Norbert, der nach Wien geht, hat der Schaffner gesagt und den Norli zum Norbert gemacht. Nie wieder nannte ihn danach jemand mehr Norli. Mit dem Verlassen von Pichlberg ist der Norli gestorben. Hat der Norli fast gleichzeitig mit der Mutter quasi das Zeitliche gesegnet. Der Schaffner hat zwar zum Norbert gesprochen, der Mund ist aber unsichtbar geblieben unter dem Schnauzer, über den er sich mit der Hand während des Sprechens mehrmals strich. Hat sich die gesprochenen Worte aus dem Bart gewischt wie der Leitenbauer den Bierschaum. Die Worte sind beim Norbert aber nicht angekommen, weil er auf die Landschaft geschaut hat, die vorbeizog am Zugfenster, als würde sie jemand an ihm vorbeischleifen. Bei den Stationen ist der Schaffner hinausgesprungen, hat, nachdem die Passagiere ein- und ausgestiegen waren, die Türen auf ihre Verschlossenheit überprüft und dem Lokführer mit einer Trillerpfeife und einer Signalkelle das Zeichen zur Weiterfahrt gegeben. Auf einmal stand der Norbert am Bahnsteig in Mürzzuschlag, von wo aus er vom Schaffner, wie es ihm die Mutter angeschafft hatte, in den Schnellzug gesetzt wurde. Vom Fenster aus hatte er einen schönen Ausblick, konnte er den Hochschwab, die Rax und den Schneeberg sehen. »Die Schönheit *ihrer* Landschaft, sag ich zum Kreisky, auf die die Leitenbauerischen immer so stolz waren. Als wäre die Schönheit alleinig ihr Verdienst gewesen. Als wäre sie ihr gutes Recht. Aber sie waren ja nicht die Einzigen, die das geglaubt haben. Zum Beispiel ist in fast jedem Lied der Mürztaler Lausbuben die Schönheit besungen und von den Zeltfestbesuchern mitgegrölt worden.

Mit stolzgeschwellter Brust quasi. Natürlich hab ich das nicht mehr hören können, wundert's dich, Kreisky?, sag ich zu ihm. Ist ja kein Wunder, oder? Blind bin ich geworden für die Schönheit. Weil sie sie dir aufzwingen und zertrampeln, Kreisky, wirklich wahr.«

Der Norbert hatte die Berge und das Panorama vorher schon zu oft gesehen, bei seinen Wanderungen mit den Leitenbauerbuben auf den Mugler meistens, wie der Hausberg der Leitenbauerischen hieß. Dieses Panorama, für das die Sommerfrischler auf den Leitenbauerhof kamen und auf den Mugler hinaufgingen, um die wunderschöne Fernsicht auf den Hochschwab, die Rax und den Schneeberg zu genießen, erinnerte den Norbert nur mehr an Seitenstechen und brennende Füße. An von den Lederriemen des Rucksacks aufgewetzte Schulterblätter, in dem er die Jause der Leitenbauerbuben hatte schleppen müssen, weil diese zu ausgefressen waren, um sie selbst zu tragen. Dem Norbert war die Schönheit der steirischen Natur so viel wert wie eine Kuhflade. Der Steinadler und die Gams sind ihm tot oder lebendig gleich viel wert gewesen, und zwar gar nichts. ZU HAUSE HAST DU HUNDERT AUGEN, DRAUSSEN BIST DU BLIND, hat die Mutter immer gesagt. Dieses schöne Land ist der Steirer Land, ist mein liebes, teures Heimatland!, haben die Mürztaler Lausbuben gesungen und die

Zeltfestbesucher sangen begeistert mit, in tiefer Demut darüber, dass der Herrgott gerade ihnen ein so ein schönes, kultiviertes Land gegeben hat und nicht zum Beispiel den Negern. Der Norbert war als Kuckucksei aus seinem Nest entfernt worden und konnte sich jetzt beim Anblick des herrlichen Schneebergs nur über das Ruckeln des Zuges freuen. Auf der Erzherzog-Johann-Bahn, wie der Leitenbauer diese Strecke nannte, war der Norbert mehr von den Bauwerken als von der Natur beeindruckt, die er nicht beachtete. Beim Befahren der Viadukte wurde dem Norbert mulmig, weil er sich nicht vorstellen konnte, wie so ein filigranes Gestell dem schweren Zug standhalten sollte und sich schon mitsamt dem schnauzbärtigen Schaffner in den Tod stürzen sah, vor dem inneren Auge jetzt. Wo aus eigener Erfahrung sein selbst gebautes Baumhaus nicht einmal die zwei Leitenbauerbuben ausgehalten hatte damals. Es mit einem Krachen in sich zusammengestürzt war und die Leitenbauerbuben begraben hatte unter sich. Er dann aus Angst vor Schlägen davongerannt war, weil sie dachten, er hätte es ihnen zu Fleiß getan. Er hätte aus Vorsatz ein marodes Baumhaus gebaut, sie danach in das Baumhaus hinaufgelockt, nur um es dann einstürzen zu sehen. So haben sie gedacht, die Leitenbauerbuben. Das Schlechteste ist ihnen immer noch zu gut vorgekommen. Bei jeder Freundlichkeit sind sie skeptisch geworden und haben eine Gemeinheit dahinter vermutet. Keiner gibt dir was umsonst, haben sie immer gesagt, so oft, dass sie es nur ja nicht vergessen konnten und dadurch natürlich selbst glaubten. Hat ihnen jemand zum Beispiel einen Apfel geschenkt, warteten sie nur, bis derjenige außer Sichtweite war, und warfen ihn dann in weitem Bogen in den Wald oder in den Sautrog. Niemals wurde ein Lebensmittel, das man ihnen schenkte, aufgegessen. Es landete im Sautrog, oder sie gaben es dem Norbert, den sie dann misstrauisch beim Essen beobachteten, als müsste er ihrer Logik gemäß jeden Moment tot umfallen. Die Leitenbauerbuben trauten nie jemandem, hatten ständige Angst vor dem Gifttod, vor der Dunkelheit und uneinsehbaren Winkeln. Dem Norbert hingegen haben die Äpfel des Wagenbauer sehr gut geschmeckt, so wie er sich auch in der Dunkelheit wohlfühlte, in der nur der Wald wie ein nasser Fleck auf einem braunen Leintuch noch schwärzer nachtete. Bekam oft eine ganze Steige geschenkt vom Wagenbauer, weil der den Norbert gern gemocht, ihm immer aufmunternde Worte gesagt hat. Die Mutter vom Norbert hat daraus einen köstlichen Apfelstrudel gebacken, in dem die Leitenbauerbuben lustlos herumstocherten, diesen zu essen von der Leitenbauerin aber gezwungen wurden, weil sie gegen jede Verschwendung ganz negativ eingestellt war und auch die Mutter vom Norbert immer gesagt hat, EINEM GESCHENKTEN GAUL et cetera. Als der Norbert den Semmering hinter sich gelassen hatte, das letzte Viadukt passierte und sich das enge Tal auszuweiten begann, biss er hungrig in so einen Wagenbauerapfel hinein.

Die Strecke auf der sogenannten Südbahn fuhr der Norbert nur zwei Mal. Eben diese erste Fahrt von Pichlberg nach Wien und zehn Jahre später die Fahrt von Wien nach Graz im Zuge der Ausbildung in der ÖBB-Lehrwerkstätte, die er im Führerhaus einer zehnvierundvierziger Lokomotive verbringen durfte. Bei sonnigem Wetter hatten sie den Wiener Südbahnhof verlassen, in aller Herrgottsfrühe. Der Lokführer war ein kleiner, dicker Mann, mit einem kurzen, breiten Oberlippenbart, dem der speckige Kopf halslos am Oberkörper angewachsen war, ihm am Hinterkopf eine Genickwampe herausgedrückt wurde dadurch. Fünf Minuten nachdem sie den Südbahnhof verlassen hatten, begann er mit einem Monolog, den der Norbert auch mit kurzen Zwischenfragen meist technischer Natur nicht stoppen konnte. Hat bei jeder Frage des Norbert drübergeredet, ja ja gesagt und seinen runden Kopf in einem heftigen Nicken auf und nieder gerissen. Mit großem Eifer wollte er dem Norbert den Beruf des Lokführers schmackhaft machen, da, wie er sagte, der Bedarf an Nachwuchslokführern bei den ÖBB groß war. Sich aber nur wenige nach Absolvierung der

Lehre für diesen Beruf entscheiden würden, sondern lieber fix an einem Heimatbahnhof stationiert sein wollten und somit bei KIND UND KEGEL, wie die Mutter immer gesagt hat. Der Lokführerberuf ist mitunter einsam, hat der Lokführer gesagt. Dass er ihn trotz allem nicht gegen einen anderen, dem des Fahrdienstleiters zum Beispiel, tauschen wollte. Die Fahrdienstleiter waren bei den Lokführern anscheinend nicht sehr angesehen, in der Hierarchie der ÖBB-Bediensteten jetzt, die offensichtlich eine große Rolle spielte. Wir Lokführer, hat er gesagt, sind die Speerspitze der ÖBB. Wir Lokführer tragen die meiste Verantwortung, über die Menschen und die Güter, die wir jeden Tag transportieren. Wir Lokführer müssen jeden Tag pünktlich, ordentlich adjustiert, ausgeschlafen und natürlich nüchtern zu unserem Dienst erscheinen. Wir Lokführer sind ein Vorbild für alle ÖBB'ler. Wir Lokführer tragen nicht umsonst eine Uniform. Wir Lokführer sind zivile Soldaten. Nach jeder Frage, die der Norbert dem Lokführer stellte, hat dieser mit den Worten *wir Lokführer* einen neuen Monolog begonnen, der mit der Frage des Norbert nichts zu tun hatte. Dabei hatte sich der Norbert für die Einzelheiten des Lokführerberufs gar nicht interessiert. Hatte sich nur deshalb bei den Lokführern gemeldet, weil in der Instandhaltung kein Platz mehr gewesen war. Aber egal, hatte er sich gedacht, ein Lokführer wird schon über seine Maschine Bescheid wissen, die er täglich zu bedienen hat, logischerweise. Leider musste er schon bald feststellen, dass den Lokführer die elektrische Maschine überhaupt nicht interessierte. Seine ganze Aufmerksamkeit nur dem Führen der Lok galt, der Organisation der Lokführer in der Beamtengewerkschaft, in der die Lokführer eine gewichtige Rolle einnahmen, wie er dem Norbert versicherte. Nichts in der Gewerkschaft konnte ohne Absegnung der Lokführer durchgesetzt werden, so dieser. Die Lokführer sind die Freimaurer in der ÖBB, hat der Lokführer gesagt. Nein, *wir* Lokführer, hat er gesagt. Ohne uns Lokführer würde das System nicht funktionieren. Bei einem Streik der Lokführer würde das System zusammenbrechen, hat er gesagt. Natürlich hatte der Lokführer noch nie gestreikt. Erschien sein Lebtag pünktlich bei der Arbeitsstelle, weil das Lokführen seine einzige Leidenschaft war. Überhaupt nichts mit sich anzufangen gewusst hätte er bei einem Streik. Fuhr er nicht mit einer echten Lok, lenkte er eine Modelleisenbahn durch die selbst gebaute Landschaft aus Pappmaschee, die er im Laufe der Jahre in seinem Keller gebaut hatte. Wir Lokführer haben häufig Rückenprobleme, hat er auf einmal gesagt, ohne dass der Norbert eine Frage gestellt hatte. Weil wir die meiste Zeit des Tages sitzend verbringen. Das bringt halt der Beruf mit sich, das ist so. Plötzlich setzte in

Gloggnitz starker Schneefall ein. Konzentriert blickte er auf die Gleise und verringerte die Geschwindigkeit des Zuges, der sich jetzt langsam den Semmering hinaufplagte. Der Bahnhof am Semmering war verschneit. Der Fahrdienstleiter stand vor der Fahrdienstleiterhütte und schwenkte langsam die grüne Kelle über seinem Kopf hin und her. Der Lokführer schnaubte verächtlich beim Anblick des Fahrdienstleiters. Die Äste der Bäume wurden durch die Schneelast fast senkrecht nach unten gebogen, sahen aus wie zum Abschuss bereite Raketen. Der nächste Halt war Mürzzuschlag. Der Norbert stieg aus und vertrat sich die Beine. Eiskörner wurden ihm ins Gesicht geweht, dass er die Augen zu einem Schlitz formen musste, um etwas sehen zu können. Der Bahnhof hatte sich kaum verändert. Außer dass der Bahnsteig rissiger und die Farbe des Gebäudes ausgebleichter war. Menschen stiegen ein und aus, manche warteten stumm, hielten Ausschau nach jemandem. Ein humpelnder Alter kehrte den am Boden liegenden Müll in seine Schaufel und kippte ihn in eine Scheibtruhe. Dazwischen pausierte er, lehnte sich auf die Schaufel und machte einen tiefen Zug von seiner Zigarette, die zuvor gerade noch und somit kurz vor dem Absturz zwischen seinen Lippen gesteckt war. Stimmen waren keine zu hören, die Münder versteckten sich hinter dicken Schals. »Wie wenig doch die Erinnerung mit der

Wirklichkeit zu tun hat. Wie wenig die Wirklichkeit der anderen mit der eigenen zu tun hat. Der Ort ist in jedem Augenblick ein anderer. Bin ich an der gleichen Stelle gestanden wie seinerzeit, als mich die Mutter weggeben hat, war sie doch nicht dieselbe. Du füllst deine Erinnerungen mit Augenblicken, Kreisky, sag ich zu ihm. Die Erinnerungen erfüllen den Ort mit Wirklichkeit. Die Wirklichkeit macht die erinnerte Heimat zur Fremde, mit der du nichts mehr anzufangen weißt, die dich abschreckt und dir feindselig vorkommt, wirklich wahr«, sagt der Herr Norbert. Der Norbert hörte den Lokführer rufen, komm rein, wir fahren weiter. Der Alte hob kurz die Hand in seine Richtung, warf den Zigarettenstummel auf den Boden und Norbert stieg ein. Der Zug fuhr jetzt langsamer, weil er die Ortschaften in kürzeren Abständen erreichte. Das Tempo beim Durchfahren der Dörfer muss genau eingehalten werden, hat der Lokführer gesagt. Wegen der Lärmbelästigung einerseits und der Unfallgefahr andererseits. Die Gefahr, jemanden zu überfahren, schwebt ständig über unseren Köpfen wie dieses Schwert, hat er gesagt. Nur wenige Lokführer würden im Laufe ihres Arbeitslebens von einem tragischen Unglück verschont bleiben. Das langsame Tempo war eigentlich für einen Unfall nicht relevant, weil man sowieso nicht rechtzeitig anhalten konnte. War es in dem Moment, in dem man den Menschen auf den Gleisen bemerkte, schon längst zu spät. Auf diesem Teil der Südbahn, zwischen Mürzzuschlag und Bruck an der Mur, mussten die Lokführer des Öfteren solche tragischen Unglücke erleben. So auch der Lokführer, der mit dem Norbert unterwegs war. Bei den Ortsdurchfahrten starrte er stumm auf die Gleise, umklammerte mit einer Hand den Hebel für das Signalhorn, mit der anderen das Notbremsventil. Eben deshalb, weil ihm dort im Winter schon einmal einer vor den Zug gesprungen war, wie er erzählt hat. Mit einem Steireranzug bekleidet und eine Augenkanne Bier in der Hand haltend, ist derjenige breitbeinig auf den Eisenbahnschwellen gestanden. Kurz vor dem Aufprall nahm er noch einen ordentlichen Schluck aus seiner Augenkanne, dann war er weg. Da bleibt nicht mehr viel übrig von dir, das kannst du mir glauben, hat der Lokführer gesagt, der, nachdem seinerzeit der Zug endlich still gestanden war und er den Bahndamm abgesucht hatte, nichts anderes fand als einen zerfransten Steirerhut. Einen zerfransten Steirerhut, in dem noch ein Büschel Haare steckte, als letzter Rest seines Eigentümers. Als sterbliche Überreste quasi. Der Lokführer war abergläubisch und hatte deshalb den Steirerhut als Schutz vor einem weiteren tragischen Unfall neben dem Steuerpult an die Wand gehängt. Der ausgefranste Steirerhut erinnere ihn an die eigene Vergänglichkeit, meinte er. Der Körper stirbt, aber der

Steirerhut lebt weiter. Viele Generationen nach ihm werden tot sein, nur der Steirerhut lebt weiter, hat der Lokführer gesagt. Im Gegensatz zu den sterblichen Überresten gehören der Steirerhut sowie auch der Steireranzug zu den unsterblichen Überresten des Menschen, hat er gesagt. »Nicht die Seele, sondern die Kostümierung lebt weiter, Kreisky, sag ich zu ihm. Dich werden sie genauso wegräumen einmal wie mich, und mein Gewand und meine Schuhe und deine Leine und deinen Beißkorb werden sie wegschmeißen. So wird es sein einmal, ob du es glaubst oder nicht, Kreisky«, sagt der Herr Norbert.

Ende Februar, hat der Lokführer gesagt, ist es besonders gefährlich hier. Der Winter dauert schon zu lange und der Alkoholspiegel der Bevölkerung ist aufgrund der Faschingsfeierlichkeiten überdurchschnittlich hoch zu der Zeit. Im Fasching geht mir immer am meisten der Reis, hat der Lokführer gesagt. Da liegen die Besoffenen auf dem Bahnsteig herum wie die Märzfliegen auf der Hausmauer. Auch dieses Mal betätigte er schon weit vor dem Ortseingang das Signalhorn, damit sich die Besoffenen rechtzeitig in Sicherheit bringen konnten. Langsam und durch den Schnee beinahe lautlos fuhr der Zug in den Bahnhof von Pichlberg ein. Oder das, was davon übrig geblieben war. Die Schranken des Bahnübergangs waren verschwunden. An ihrer statt stand an beiden Seiten ein hoher Maschendrahtzaun. Auch das Gebäude selbst, in dem der Warteraum, das Büro des Fahrdienstleiters und eine Toilette gewesen waren, gab es nicht mehr. In einer winzigen Blechhütte, die in der Mitte des Bahnsteigs aufgestellt war, suchten drei Gestalten Schutz vor dem Schnee. Ihre Gesichter bedeckten Hexenmasken und sie trugen altmodische Dirndlkleider. In einer Hand hielt jede eine Rute, mit der sie auf den einfahrenden Zug einschlugen. Trotz der langsamen Geschwindigkeit des Zuges wurde der Schnee aufgewirbelt, der die hin- und herwankenden Hexengestalten einhüllte. Der Zug fuhr in einer lang gezogenen Kurve am Hauptplatz von Pichlberg vorbei, wo in dem Moment der traditionelle Pichlberger Faschingsumzug stattfand. Der Faschingsumzug wurde jedes Jahr am Faschingsdienstag vom Pichlberger Trachtenverein veranstaltet, bei dem auch der Leitenbauer konstituierendes Mitglied gewesen war natürlich. Bei einer Gaudi war der Leitenbauer immer live dabei, wie er gesagt hat. Hat auch immer geholfen, einen der traditionellen Umzugswagen mitzugestalten. Diese Umzugswagen wurden einem gewissen Thema gemäß hergerichtet. Einer dieser Umzugswagen war immer der Hinrichtungswagen. Als der Norbert, im Führerhaus der Lok sitzend, mit dem Zug am Pichlberger Hauptplatz vorbeifuhr, konnte er diesen Hinrichtungswagen sehen. Konnte deutlich den aufgebauten Galgen erkennen, an dem eine mit Stroh ausgestopfte Puppe baumelte. Diese Puppe wurde immer stellvertretend als Sündenbock gehenkt. Also stellvertretend für die Person, die im vergangenen Jahr schuld war an einer Irritation der Einheimischen. Wurden zum Beispiel die Betriebskosten erhöht, weil die Müllabfuhr sich einen neuen Müllwagen gekauft hatte, schon baumelte stellvertretend die Puppe mit dem Kopf des Bürgermeisters am Galgen. Hatte der Pichlberger Fußballverein im Derby gegen den Brandtaler Athletik Klub verloren, schon baumelte stellvertretend die Puppe mit dem Kopf des Trainers am Galgen. Hatte der Dorfwirt seine seit Jahren leer stehenden Gästezimmer an eine afrikanische Asylantenfamilie vermietet, schon baumelte stellvertretend für ihn die Puppe am Galgen. Zusätzlich steckte man diese in ein Baströckchen, setzte ihr eine buschige Perücke auf und steckte ihr zwei rote Kürbishälften in den Mund. Zudem konnten die Kinder der Asylantenfamilie vom Dorfwirt überredet werden, auf dem Hinrichtungswagen als kleine Negerlein aufzutreten. Zum Gaudium der Faschingsumzugsbesucher sprangen die halb nackten Negerkinder im eiskalten Februarwind Huga-Huga schreiend um die gehenkte Puppe herum. Schlugen unter den Anfeuerungsrufen der Besucher mit Bambusstöcken auf diese ein. Durch die Schläge löste sie sich auf, bis nur mehr der geschwärzte Kopf des Dorfwirts am Strick hing. »Der

Hinrichtungswagen ist immer der beliebteste gewesen bei den Faschingsumzugsbesuchern. Beim Aufhängen eines Menschen haben sie die größte Gaudi gehabt. Je bekannter der Sündenbock gewesen ist, desto größer die Gaudi. Das Lustigmachen über das Umbringen, Erschlagen und Anprangern taugte ihnen am meisten. Hat sie abgelenkt von der Angst vor dem eigenen Eingehen. Hat ihnen geholfen, erst gar nicht daran zu denken. Ihnen diese Angst unheimlich gewesen ist das restliche Jahr über, Kreisky, sag ich zu ihm, und traditionell im Fasching ausgetrieben werden musste. Mit aller Gewalt, wie man so schön sagt, wirklich wahr.«

An die vergangenen Faschingsumzüge musste der Norbert denken, während der Lokführer einen weiteren Monolog führte, von dem der Norbert, in seine Gedanken versunken, nichts mitkriegte. So sehr er sich auch bemühte, die Erinnerung weiterzuspinnen, irgendwann riss sie ab. War an den Kanten ausgefranst wie der Steirerhut des tragisch Verunglückten, der in der Reliquienecke des Lokführers hing. Wie auch die Landschaft entlang den Geleisen, den Bahnhöfen, den Ortschaften ausgefranst und zerschlissen war, auf der Südbahnstrecke. Waren die Gesichter der Mutter, der Leitenbauerischen und des Pfarrers Probodnig verblichen wie die Fotos in der Auslage vom Fotofrosch, der ihm tatsächlich als Frosch in Erinnerung geblieben war. Ihm seine

Kindheit wie das in Pastell gehaltene und eingefrorene Bühnenbild eines Laientheaters vorgekommen ist. Im Gegensatz zu seinen Kollegen im ÖBB-Lehrlingsheim, die nur in den schönsten Tönen und Bildern von ihrer Heimat sprachen, sich nach ihr sehnten, hat er sich in größtmöglicher Entfernung von ihr am wohlsten gefühlt. Ihre Landheimat für die Kollegen die Freiheit und die Stadt ein Straflager war, aus dem sie so schnell wie möglich flüchten wollten nach der Ausbildung, zu der sie gezwungen worden waren von ihren Eltern, diese aber ihre Rückkehr selbstverständlich erwarteten, weil sie für die Ausbildung ihrer Söhne teures Geld bezahlten, wie sie es ihnen vorhielten, und sie die Früchte dieser Ausgabe quasi ernten wollten. »Für den Geflüchteten hat die Heimat immer einen größeren Wert als für den Zurückgelassenen. An die Heimat wird in Wehmut und Sehnsucht gedacht, auch wenn sie der schrecklichste Ort ist, in dem die gemeinsten Leute wohnen. Ich bin in ihren Augen ein Verräter gewesen, weil ich das Straflager der Freiheit bevorzugt habe. Weil ich am Wochenende freiwillig im Lehrlingsheim geblieben bin, das dann fast leer war. Weil die anderen natürlich nach Hause gefahren sind. Sie das Lehrlingsheim am Freitag nach Dienstschluss pünktlich um dreizehn Uhr verlassen haben, in Richtung Niederösterreich, Steiermark und Burgenland, von wo die meisten meiner Kollegen her waren«, sagt der Herr Norbert. An diesen Wochenenden fuhr der Norbert allein mit der Straßenbahn durch Wien. Er kam nur zum Essen in das Lehrlingsheim, in dem die an den Wochenenden vorgesehene Kaltverpflegung an die wenigen Dagebliebenen ausgeteilt wurde. Jahrelang hat er sich an den Wochenenden nur von Jagdwurst- und Frühstücksfleischaufstrichdosen ernährt. Diese Frühstücksfleischaufstrichdosen hat der Norbert sehr gemocht, weil er sie noch aus seiner Kindheit gekannt, ihm seine Mutter diese Dosen immer von der Arbeit mitgebracht hat. Weil die Mutter zusätzlich zur Arbeit auf dem Leitenbauerhof noch in der ortsansässigen Verpackungsfabrik gearbeitet hatte. In der Dosenbude, wie die Pichlberger die Fabrik genannt haben. In der Dosenbude haben fast alle Pichlberger Frauen gearbeitet. Anscheinend war die Herstellung von Dosen in allen Größen und Formen eine Arbeit, die Frauen besonders gut beherrschten. Männer waren in der Dosenbude nur in der Instandhaltung oder als Vorarbeiter und Schichtleiter tätig, deren Hauptaufgabe es war, die Frauen vom Tratschen und Kaffeetrinken abzuhalten. Sie mit den Worten gemma, gemma, von ihrer vermeintlich gesetzlich geregelten Pause weg- und somit aus dem Aufenthaltsraum herausgescheucht haben. Oder aus der Toilette, deren Benützung während der Arbeitszeit die Schichtleiter nur ungern gesehen haben. Die Frauen haben sich den Schlüssel für die Toilette vom Schichtleiter abholen müssen, der den Schlüssel nur mit einem verächtlichen Gesichtsausdruck und den Blick wie beiläufig auf seine Armbanduhr werfend herausgerückt hat. Die Schichtleiter sind in ihren Glaskoben gesessen und haben auf die Frauen aufgepasst, so wie der Leitenbauer beim Ausmisten auf die Leitenbauerin aufgepasst hat. Die Schichtleiter hatten untereinander eine Wette laufen, wessen Schicht die meisten Frühstücksfleischaufstrichdosen und Frühstücksfleischaufstrichdosendeckel aus den Blechstanzmaschinen herausstanzen konnte. Aus diesem Grund haben die Frauen fast überhaupt keine Pausen gemacht. Haben während der Schicht nichts getrunken, um nicht aufs Klo gehen zu müssen, weil sonst wertvolle Zeit verloren gegangen wäre, in der sie weitere Frühstücksfleischaufstrichdosendeckel produzieren konnten. Das Harnverhalten der Frauen hat den Schichtleitern zu bis dato nicht da gewesenen Stückzahlen verholfen, für die sie von der Geschäftsführung schöne Prämien ausbezahlt bekamen. Die Frauen haben das Geld, das sie in ihrer Arbeit verdienten, dazu verwendet, die Haushaltskassa aufzubessern, die am Ende des Monats, wenn das Geld knapp geworden ist, von den Männern beim Dorfwirt versoffen wurde, weil sie die Schmach, dass ihre Frauen neben ihnen auch noch arbeiteten, nicht verkraften konnten, wie sie es ihm Rausch jedem erzählten, den sie kannten und am Ende des Abends vor lauter Wut dem Nächstbesten die Fresse blutig schlugen deswegen. »Dabei haben die Frauen nur deshalb in der Bude gearbeitet, weil ihre Männer das Geld beim Dorfwirt durchbrachten und sie gezwungen waren, in die Bude reinzugehen, um die Rechnungen bezahlen zu können. So war das, Kreisky, nicht wahr?« Die Mutter vom Norbert dagegen konnte ihr Geld sparen, weil sie keinen Mann hatte, der ihr das Geld wegsoff, und Miete für die Keusche brauchte sie keine zu zahlen, die zog ihr der Leitenbauer sowieso vom Lohn ab. Dass du das notwendig hast, hat der Leitenbauer zur Mutter oft gesagt, dass du in die Dosenbude reingehst, obwohl du gar nicht musstest. Dich von den Schichtleitern schikanieren lässt und auch von den Weibern, die sich untereinander das Hackl ins Kreuz hauen und freiwillig in Windelhosen brunzen, nur um mehr Dosendeckel als du zu machen. Hast anscheinend zu wenig zu tun bei mir, hat er gesagt. Der Mutter war das aber immer egal, was die Bagage in der Bude oder der Leitenbauer über sie dachten, Hauptsache sie konnte sich das Geld sparen. DIE MÜSSEN ERST EINMAL DORT HINRIECHEN, WO ICH SCHON ÜBERALL GESCHISSEN HABE, hat die Mutter zum Norbert gesagt, wenn der Leitenbauer wieder einmal so gescheit dahergeredet hat. Das gesparte Geld wollte sie einmal dem Norbert geben, zur Unterstützung bei der Ausbildung zum Beispiel. Von diesem Geld hat der Norbert nie etwas gesehen, weil die Mutter es später für ihren eigenen Tod ausgegeben hat. KOSTET EINEN DER TOD, wie sie immer gesagt hat, normalerweise NUR DAS LEBEN, ist bei ihr das gesamte Ersparte fürs Sterben draufgegangen. Kam sie der eigene Tod quasi teuer zu stehen. »Der Tod und nicht ich hat das ganze Geld geerbt, Kreisky, so ist das gewesen. Wo es eigentlich mir zugestanden wäre, das Geld. Aber so ist das halt, es trifft immer die Falschen und die Richtigen schauen durch die Finger. Ein Leben lang. WO TAUBEN SIND, FLIEGEN TAUBEN ZU, hat die Mutter immer gesagt und recht hat sie gehabt, oder stimmt's etwa nicht? Natürlich stimmt's, Kreisky, natürlich stimmt's, wirklich wahr«, sagt der Herr Norbert. DAS LETZTE HEMD HAT KEINE TASCHEN, hat die Mutter auch immer gesagt. Das war auch das Motto der alten Leitenbauerin, der Mutter vom Leitenbauer also. Trotzdem ist die auf ihrem Geld gesessen wie eine Henne auf ihren Eiern, weil dieses Geld ihr Begräbnisgeld war, ihr Totengeld, wie sie es nannte. Die alte Leitenbauerin hat sich ihr ganzes Leben nur auf den Tod gefreut und auf ein schönes Begräbnis für die Hinterbliebenen. Dieses Begräbnis wollte sie sich als Tote von oben anschauen. Dass sie in den Himmel kommt, dessen war sie sich sicher. Während sie die Kühe und die Ziegen gemolken, den Stall ausgemistet, die Wiesen gemäht und geheut, die Kinder aufgezogen, das Essen gekocht und das Gewand gewaschen, die Socken gestopft, in der Kirche gebetet und dem Pfarrer Probodnig ihre Sünden gebeichtet, im Kirchenchor gesungen, die Eltern, die Großeltern und die Gräber ihrer verstorbenen Verwandten gepflegt und sonst nicht viel anderes als das eben Gesagte getan hat, freute sie sich nur auf den Tod und das Paradies danach. Nie hat der Norbert die alte Leitenbauerin glücklicher gesehen als in dem Moment, in dem sie gestorben ist. Zogen sich ihre Mundwinkel normalerweise mit tiefen Falten hinunter bis zum Kinn, hatte sie auf einmal ein Lächeln im Gesicht, als es ans Sterben ging. Gott sei Dank, endlich wird alles besser, hat sie gesagt, fuhr sich noch einmal mit ihrem verknöcherten Finger in das Ohr, das gejuckt hat offensichtlich, und verschied. Gab ihren arthritischen Körper auf, so wie das Leben, das sie die meiste Zeit halb tot vor Müdigkeit auf einem Stockerl hockend in einem stinkenden Stall verbracht hatte. Selbst ihre Kinder wurden in diesem Stall gezeugt. Wurde ihr, während sie sich bückte und die Schweine fütterte, vom alten Leitenbauer von hinten sein Stachel eingeführt. »Wenn du ein Kind bist, wird dir gesagt, was du zu tun und zu lassen hast. Meistens aber, was du zu lassen hast. Was gut ist und was schlecht ist, sagen sie dir. Wird dir ins Gesicht geschlagen, wenn du zum Beispiel eine Weinbergschnecke zertrittst, nicht aber, wenn es eine Nacktschnecke ist, die du umbringst, dann wirst du geherzt. Jedes Alter hat seine eigene Vorstellung von Moral, die jeweils gültig ist. Da fährt der Zug drüber, sagen sie dir. Bist du erwachsen, tun dir die von den Kindern zertretenen Weinbergschnecken leid, hoffst aber darauf, dass der Tod die Großmutter endlich erlöst, wie es dann heißt. Der Tod der Weinbergschnecken ist trauriger für dich als der deiner eigenen Großmutter, Kreisky, wirklich wahr, sag ich zu ihm.«

Wir Lokführer bekommen auch einen Haufen Zulagen gerechterweise, hat der Lokführer gesagt. Natürlich gibt es immer welche, die uns diese Zulagen neidig sind. Die Schienenarbeiter zum Beispiel. Die Schienenarbeiter hören wir hinter unseren Rücken immer am meisten schimpfen. Mehr noch als die Fahrdienstleiter. Weil sie ihrer Meinung nach die noch viel schwerere Arbeit haben, dafür aber nicht so gute Zulagen bekommen wie wir Lokführer. Dabei weiß doch jeder, dass die Schienenarbeiter der ÖBB den größten Lenz haben im Gegensatz zu uns. Fährst du an so einem Schienenarbeitertrupp vorbei, kannst du dir sicher sein, dass einer arbeitet und vier zuschauen. Das ist die Arbeitsmoral der Schienenarbeiter, hat der Lokführer gesagt. Tatsächlich war das seinerzeit auch die Meinung vom Leitenbauer.

Selbst die Neger sind dem Leitenbauer lieber gewesen als die Schienenarbeiter der ÖBB. Einen Neger kannst du wenigstens den ganzen Tag eine Grube graben lassen, hat er gesagt. Der Neger gräbt den ganzen Tag, wenn du ihm versprichst, dass er am Abend eine warme Erdäpfelsuppe zum Saufen kriegt. Das kannst du bei den Schienenarbeitern vergessen. Kaum drehst du dich um, lassen die ihre Schaufeln fallen und nehmen ihre Bierflaschen in den Mund, die sie immer unter ihren gelben Monturen verstecken, damit sie keiner sieht. Obwohl eh jeder weiß, dass sie dort sind, weil von was sollen sie denn sonst so besoffen werden den ganzen Tag über, die faulen Schweine, hat er gesagt. Der Lokführer und der Leitenbauer waren sich in der Frage über die Arbeitsmoral der Schienenarbeiter also einig. Außerdem haben die ja überhaupt keine richtige Ausbildung, hat der Lokführer gesagt. Sind direkt nach der Hauptschule zum Schienenarbeitertrupp gegangen. Wir Lokführer haben eine gute Ausbildung. Für gute Ausbildung kriegt man halt besser bezahlt, so einfach ist das. Aber sag das mal einem Schienenarbeiter. Dem kannst du so was nicht sagen, dem sind die größeren Zusammenhänge gar nicht bewusst, im Gegenteil, sind ihm scheißegal. Das steht mir auch zu, sagt der höchstens, hat der Lokführer gesagt, et cetera. Als der Norbert diese Sätze gehört hat, fuhren sie gerade in den Bahnhof Bruck an der Mur ein. Dem Norbert ist das Fahren in der Lok mit dem Lokführer mittlerweile schon vergangen, er hatte nicht die geringste Lust mehr, mit ihm noch bis Graz weiterzufahren. Sich das uninteressante Gerede des Lokführers noch weiter anhören und die noch trostlosere Landschaft an ihm vorbeiziehen sehen zu müssen. Ihm von dem Anblick dieser Landschaft schon gegraust hatte nach der Reise. Weil sie, außer ein paar alten Traktoren, Heuschobergerippen und in den Orten vereinzelt stattfindenden Faschingsumzügen und Sautänzen verschiedener Vereine, Gruppierungen und Bündnissen traditionsbewusster Einheimischer, völlig ausgestorben war. Die ebenso wie die Vereine aus tödlicher Langeweile entstandenen Veranstaltungen quasi die einzigen Lebenszeichen waren in der Einschicht neben der Südbahnstrecke. In zehn Minuten fahren wir weiter, hat der Lokführer gesagt, nachdem er die Lok im Bahnhof angehalten hatte. »Der Lokführer hat seine Lok praktisch nie verlassen, Kreisky. War wie eine Weinbergschnecke damit verwachsen. Ohne Lok wäre der Lokführer komplett hilflos gewesen. Erst durch die Stahleinhausung der Lok wurde der weiche Körper des Lokführers geschützt. Ist sein Leben durch die Lok ein sicheres Leben geworden, wirklich wahr, ob du es glaubst oder nicht, Kreisky, sag ich zu ihm.«

Der Norbert stieg aus der Lok. Bückte und streckte sich, berührte mit seinen Fingerspitzen die

Zehen, drehte seinen Kopf nach links und nach rechts, dass es knackste in den Gelenken. Nachdem er ein paar Meter auf dem Bahnsteig entlanggegangen war, drehte er sich um und schaute zum Lokführer. Der stand dicht neben seiner Lok und rauchte eine Zigarette. Als er den Blick vom Norbert bemerkte, nickte er ihm zu, machte mit der freien Hand das Zeichen mit dem Daumen nach oben und klopfte mit dem Zeigefinger auf seine Armbanduhr. Norbert nickte zurück und wusste in dem Moment, dass er in die Lok nicht mehr einsteigen würde. Dass er nie wieder in eine Lok einsteigen würde, sein Lebtag nicht. Er drehte sich um und ging weiter den Bahnsteig entlang. Vor dem Bahnhofsrestaurant blieb er kurz stehen und ging rein. Er setzte sich an einen freien Tisch. Im Bahnhofsrestaurant war es dunkel, weil die Fenster völlig verdreckt waren. Wie in einem Schlachthaus waren der Boden, die Wände und selbst die Decke mit kleinen, quadratischen dunkelgrünen Fliesen ausgekleidet. Womöglich reinigte der Besitzer das Lokal einmal jährlich mit dem Dampfstrahler. An der Wand hing die kleinere Variante der Bahnhofsuhr, die draußen über dem Bahnsteig angebracht war. Die Bahnhofsuhren, die überall in Österreich die gleichen sind, wahrscheinlich auf der ganzen Welt gleich ausschauen sogar. Innen bis zu einem Drittel mit Fliegenleichen gefüllt sind, diese immer zu schwach beleuchteten

Uhren. Der Norbert bestellte sich ein Himbeerkracherl, wie das Jugendgetränk heißt. Durch die Fenster konnte er den Zug vorbeirollen sehen, in dem er eigentlich hätte sitzen sollen. Er beim Anblick des Getränkes aber schon gar keinen Gedanken mehr an den Lokführer und seine Lok mehr verschwendete, außer dem einen, dass er froh war, beide endlich los zu sein. Das rot leuchtende Himbeerkracherl in der bauchigen Glasflasche erinnerte ihn an die Ausflüge, die er mit seiner Mutter und den Leitenbauerischen an den beliebten kirchlichen Feiertagen auf die Burgruine in Pichlberg unternommen hatte. Natürlich musste er bei diesen Ausflügen seine knielange Trachtenlederhose und den hellblauen Walkjanker anziehen, wie auch die anderen Ausflügler ihre Ausflugskostüme getragen hatten. In seiner Erinnerung waren die Menschen, die Kleidung und die Umwelt im Allgemeinen schwarz-weiß. Der Radius, in dem sich die erinnerten Menschen aufgehalten haben, nur ein paar Meter und am Ende, wie gesagt, ausgefranst, unkenntlich. Wie wenn der Lehrer mit dem dreckigen Schwamm schlampig über die vollgekritzelte Tafel wischt. Nur die bauchige Flasche Himbeerkracherl leuchtete scharlachrot wie seinerzeit, als sie der Burgwart vor ihm auf den von der Sonne ausgebleichten Holztisch hingestellt hatte. Zuvor war er aber noch mit der Mutter und den Leitenbauerischen in den grünen Mercedes vom

Leitenbauer gestiegen, den er jeden Sonntag aus der extra dafür gebauten Garage geholt und geputzt hatte als wie. Die Sitze wurden vom Leitenbauer mit einer Plastikplane abgedeckt. Das Innere des Mercedes roch nach Neufahrzeug und Plastik. Mhm, riecht der gut, hat der Leitenbauer gesagt, wo er in Wirklichkeit stank nach dem giftigen Plastik und dem Plastikpflegespray, mit dem er es immer eingelassen hat, dass es einem schlecht geworden ist nach einer viertelstündigen Fahrt in diesem Auto. Der Leitenbauer hat sich jedes Jahr ein neues Modell von Mercedes gekauft, immer in den Farben Grau, Grün, Braun oder einer Kombination aus diesen Farben. Da er den Mercedes nur zu den Fahrten zur Kirche und für die Ausflüge an den kirchlichen Feiertagen benützte, hatte der Mercedes fast keine Kilometer auf der Anzeige. Weil der Mercedes sich die meiste Zeit des Jahres in der Garage befand, zu der nur der Leitenbauer Zutritt hatte, nur er einen Schlüssel für diese Garage besaß, aus Angst, jemand könnte seinen Mercedes beschädigen oder auch nur berühren. Wegen seiner stumpfen Farben hatte der Mercedes vom Leitenbauer aber sowieso keinem gefallen, der nicht Jäger oder Bauer war. War der hässliche Mercedes des Leitenbauer für den anständigen Menschen nur eine peinliche Zurschaustellung seines Reichtums, die, wie es so oft bei den Geldigen der Fall ist, geschmacklos und ohne Gespür für das eigentlich Schöne war. Dem Leitenbauer war, wie bereits gesagt, das Schöne unnütz und nur das Nützliche etwas wert und trotzdem legte er, wenn es um seinen Mercedes ging, auf die Einhaltung von Sauberkeit und Pflege den größten Wert. An der Schönheit des Mercedes hatte er keinen Zweifel, der Leitenbauer. Vor der Abfahrt zum Ausflug auf die Burgruine in Pichlberg mussten sich die Leitenbauerischen und der Norbert mit seiner Mutter vor dem Mercedes aufstellen wie zur militärischen Standeskontrolle. Der Leitenbauer hatte ihr Gewand kontrolliert, damit nur ja kein Schmutz das Innere des Mercedes verunreinigen konnte. Erst nach der Freigabe durch den Leitenbauer durften sich die anderen in den Mercedes hineinsetzen. Dieses Procedere dauerte länger als die Fahrt zum Fuße des Berges, auf dem die Pichlberger Burgruine hingebaut war. Den Rest mussten sie zu Fuß gehen, weil der Leitenbauer sich auf dem Schotterweg, der der einzige befahrbare zur Ruine war, sicher nicht den Mercedes ruinieren wollte, wie er immer gesagt hat. Die großzügige Jause, die die Leitenbauerin zu den Ausflügen immer eingepackte, mussten die Dirn und der Norbert selbst durch den Wald zur Ruine hinauftragen. Die großzügige Jause wurde von der Leitenbauerin außerdem nur deshalb mitgenommen, um dem Burgwart kein teures Essen abkaufen zu müssen. Ihm nicht auch noch das Geld hinten hineinzustecken, wie sie immer gesagt hat. »Du wirst lachen, Kreisky, sag ich, dabei ist der Burgwart für die günstigen Preise und die großen Portionen seiner Brettljause bekannt gewesen in der Gegend. Sind die Leute gerade wegen der guten Jause auf die Burgruine in Pichlberg gekommen. Und das nicht nur aus dem Bezirk Mürzzuschlag und aus der Steiermark, sondern aus ganz Österreich, wirklich wahr! Weil, wenn es darum geht, das billigste und beste Essen ausfindig zu machen, haben die Österreicher einen sechsten Sinn. Wobei das beste Essen gleichzeitig das fetteste ist. Je größer die Portionen und je fetter das Essen, desto begeisterter sind die Österreicher. Darum ist das panierte, fette Fleisch auch das Beliebteste in Österreich, das kannst du mir glauben, Kreisky. Wird Gemüse und Salat nur als Beilage angesehen und ist auch nur so auf den Menükarten der österreichischen Wirtshäuser ausgeschrieben. Eine fleischlose Hauptspeise ist nicht zu finden auf den Menükarten. Wenn es eine vegetarische Speise doch einmal zu bestellen gibt, dann nur paniert und in Schweinefett herausgebacken. Deswegen sind der Bluthochdruck, der Herzinfarkt und der Schlaganfall, die Zuckerkrankheit und die Fettleber, neben Nieren- und Gallenkoliken, Bauchspeicheldrüsen- und Darmkrebs auch die am weitesten verbreiteten Krankheiten bei den Österreichern. Aber nicht dass du glaubst, die an den

Krankheiten Verreckten könnten den Appetit ihrer Hinterbliebenen verderben, Kreisky, sicher nicht! Schon beim Leichenschmaus wird ein in Schweineschmalz herausgebackenes Schnitzel serviert. Dazu eine gallige Mehlspeise als Nachspeise, ein Stamperl Zwetschgerner zur Verdauung und zwei, drei Augenkannen Reininghaus gegen den Durst auch, wirklich wahr«, sagt der Herr Norbert. Aufgrund der schweineschmalzlastigen Ernährung mussten sich die Leitenbauerbuben beim Aufstieg zur Pichlberger Burgruine besonders schinden, obwohl den Großteil der Jause der Norbert und seine Mutter schleppten. Weil die Leitenbauerbuben schon vor dem Weggehen über die Größe und Schwere der Jause jammerten und sich weigerten, auch nur ein einziges Packerl in ihren Rucksack zu geben, der dadurch natürlich leer war. Sie liefen mit den leeren Rucksäcken, die schlaff an ihren Rücken herunterhingen, voraus und machten sich über den zurückbleibenden Norbert lustig. Bewarfen ihn mit Tannenzapfen und verspotteten ihn, dass sie vor lauter Kichern keine Luft mehr kriegten. Ihre Köpfe ganz rot angelaufen waren deswegen und auch wegen dem hohen Blutdruck, den sie schon als Kinder hatten vom steirischen Brennsterz, der, wie gesagt, ihre Leibspeise war, und den sie in sich hineinstopften, wenn sie Hunger hatten. Und Hunger hatten sie immer. HUNGER IST DER BESTE KOCH, hat die

Mutter immer gesagt, wenn sie die aufgegupften Teller vor die Leitenbauerbuben hingestellt hat. Vor dem Eingang der Burg war ein Burggraben, über den der Burgwart mit den Mitgliedern des Vereins zur Erhaltung der Burgruine Pichlberg eine Holzbrücke errichtet und somit die Burgruine interessierten Besuchern zugänglich gemacht hatte. Die Besucher interessierten sich allerdings weniger für die in mühevoller und jahrelanger Arbeit bis zu den kleinsten Details liebevoll restaurierten Burggemächer und mittelalterlichen Gerätschaften als vielmehr für die billige und fette Brettljause des Burgwarts. Machten die Führungen des Burgwarts durch die Burggemächer nur aus dem einen und einzigen Grund mit, um den Burgwart nicht zu verprellen. Heuchelten ihm Interesse vor, indem sie Fragen stellten, wie zum Beispiel: Wie alt ist noch einmal diese Egge? Nur damit ihnen der Burgwart nach der Führung vor lauter Freude über die interessierten Besucher auch eine ordentliche Portion Fleisch auf ihrer billige Brettljause anrichten würde. Damit sie zu Hause am Abend darüber schwärmen konnten, wie gut und wie billig sie heute wieder gegessen hatten. Sich über alle lustig machen konnten, die sich an diesem Tag ein viel teureres und ihrer Meinung nach schlechteres Essen gekauft hatten. War die Erhaltung der Burgruine dem Burgwart das Wichtigste, war diese Aufgabe sein Lebensinhalt, interessierte sie die Besucher überhaupt nicht. Machten sich hinter seinem Rücken lustig über die Leidenschaft des Burgwarts. Bezeichneten ihn als schrullig und sogar als Spinner, zeigten ihre negative Einstellung ihm gegenüber aber nie. Gingen nach der Burgführung noch extra zu ihm hin, um sich für die schöne und interessante Führung zu bedanken. Gaben ihm sogar eine Spende, für den Verein zur Erhaltung der Burgruine, damit uns dieses Juwel noch lange erhalten bleibt, wie sie wortwörtlich sagten. Diese Freundlichkeit kam ihnen nach der aufgegessenen Brettljause völlig abhanden. In dem Moment, in dem sie die Burg über die Brücke verließen, ging es auch schon los. Die ganze Zeit treibt er sich nur auf der Burg herum, haben sie gesagt, wo er doch eine Frau und drei Kinder zu Hause hat. Die Kinder sind den ganzen Tag alleine auf der Straße, *unbeaufsichtigt*, haben sie gesagt. Kein Mensch weiß, was die tun die ganze Zeit, die armen Kinder. Die Frau sitzt den ganzen Tag vor dem Haus auf der Bank und wartet, bis er zurückkommt. Weil Freunde hat sie ja keine, die *Daitsche*. Immer hat sie das gleiche Hauskleid an, seine Frau. Kann einem fast leidtun oft, haben sie gesagt. Aber es hat ihr ja keiner angeschafft, nach Österreich zu kommen nach dem Krieg. Hätte ja in *Daitschlaund* bleiben können. Haben die keine Männer gehabt in *Daitschlaund*?, haben sie einander gefragt. Die *Daitschen* haben uns das Ganze ja überhaupt erst eingebrockt seinerzeit. Und dann kommt der Burgwart heim und bringt so eine mit. Eine, die uns unsere Männer wegnimmt. Wo wir eh keine Männer mehr gehabt haben nach dem Krieg. Diejenigen, die zurückgekommen sind, waren komplett plemplem oder Krüppel. Mit denen war ja nichts anzufangen, haben sie gesagt et cetera.

»Sobald du ein Zugereister und kein sogenannter Dosiger gewesen bist, schon warst du verdächtig. Nie ist ein Zugereister von den Dosigen akzeptiert, geschweige denn integriert worden, wie man so schön sagt. Die Zugereisten sind immer gleichzeitig auch die Aussätzigen, überall. Nicht dass du glaubst, es ist mir in Wien anders gegangen, Kreisky, sag ich zu ihm. Aber wo! Nichts mehr hassen die Wiener als die Zugereisten. Obwohl sie selbst alle Zugereiste sind, stimmt's? Seit ich in Wien lebe, habe ich keinen einzigen Wiener getroffen, der kein Zugereister gewesen wäre, wirklich wahr, oder, Kreisky? Dem Burgwart ist es seinerzeit gleich gegangen wie mir. Noch während sie ihm gewunken haben, ist er von ihnen ausgerichtet worden. Auch auf der Straße haben sie ihm zugewunken. Wenn sie auf der anderen Seite gestanden sind und sich gerade mit einem anderen unterhalten haben zum Beispiel, und sie den Burgwart gesehen haben, schon ist das Gespräch unterbrochen worden und sie haben rübergerufen zu ihm: JUHU!, JUHU!, haben sie gerufen, sich auf eine

Fußspitze gestellt und einen Arm rausgestreckt. Wie die Schulkinder, wenn sie die Antwort wissen und unbedingt von der Lehrerin drangenommen werden wollen, um ihr die Antwort zu sagen, Kreisky. Du glaubst, du wirst gemocht, in Wirklichkeit aber hassen sie dich. Sie grüßen dich, schütteln dir die Hand, winken dir von Weitem zu, wenn du den Müll rausträgst zum Beispiel, aber in ihrem Inneren hassen sie dich. Du freust dich, in einer Gemeinde zu leben, wo jeder jeden kennt, alle zusammenhalten anscheinend, und solltest dich fürchten eigentlich vor dieser Gemeinschaft, die in Wirklichkeit eine Gemeinheit ist, Kreisky, wirklich wahr.« Nach der Brücke war das große Tor. Hinter dem Tor standen links und rechts zwei alte Holzkutschen. Auf diesen Holzkutschen saßen die Leitenbauerbuben und warteten auf den Norbert. Als der mit dem Rucksack durch das Tor kam, in dem sich ihre Jause befand, haben sie geschrien als wie und ihm mit den Brennnesseln, die sie vorher im Wald gebrockt hatten, die Waden verbrannt und sind davongerannt. In den Hof hinein, von wo aus sie wie zwei scheue Rehe heraufgeschaut haben. Der Leitenbauer und die Leitenbauerin haben sie geschimpft. Schleicht's euch, ihr Hunde!, haben sie ihnen nachgerufen, worauf sie in die Gaststube rannten, um sich in der Gesellschaft der Leute vor den Schlägen des Leitenbauer in Sicherheit zu bringen. Der Norbert hat sich auf eine Kutsche gesetzt und seine Waden mit Spucke eingeschmiert, was laut der Mutter ein altes Heilmittel gegen von Brennnesseln verbrannte Haut ist. Danach bestellte die Mutter beim Burgwart ein rotes Kracherl, der die Flasche vor den Norbert auf den Holztisch gestellt hat. Die Flasche war immer eiskalt, weil sie im Burgverlies gelagert wurde, in dem das ganze Jahr über die gleiche Temperatur herrscht. In diesem Verlies roch es immer komisch. Nach abgestandener, uralter Luft. Durch die Lagerung waren die Etiketten aller Flaschen verschimmelt und unkenntlich, rochen nach dieser alten Kerkerluft. Kletzelte man die Etikette herunter, konnte man noch Stunden später diesen Geruch unter den Fingernägeln riechen. Der Burgwart hatte immer einen riesigen Schlüsselbund an seinem Gürtel hängen. Damit konnte er alle Türen auf der Burg aufsperren, was für den Norbert ein Wunder war. Er durfte oft mit dem Burgwart alleine in den Turm hinaufgehen. Während die Leitenbauerbuben mit dem Luftdruckgewehr auf den Schießstand, den es auch auf der Burg gab, auf ebenso verschimmelte Pappkartonzielscheiben schossen, durfte der Norbert mit dem Burgwart auf den Turm gehen. Eine steile Wendeltreppe führte dort hinauf, die der Burgwart mit einigen Gehilfen über die Jahre hinweg aus Holz gebaut hatte. Fast senkrecht führte die Treppe hinauf, dass man sich bei einem Sturz das Genick gebrochen hätte, was auch wirklich einmal passierte seinerzeit. Von dem Zeitpunkt an ließ der Burgwart, mit Ausnahme vom Norbert, den er immer mit seinen riesigen Pranken festhielt, niemanden mehr auf den Turm hinauf. Nach dem Tod des Besuchers wollte auch überhaupt niemand mehr hinauf zum Turm, wurde über den Burgwart bei den Leuten noch schlechter geredet nach dem tragischen Unglück. HINTERHER SIND IMMER ALLE GESCHEITER, hat die Mutter immer gesagt. Für den Norbert machte der Tod des Besuchers auf der Treppe den Turm und die Gemächer nur noch interessanter. Wartete bei jedem Besuch der Burg nur darauf, bis der Burgwart ihn endlich fragte, ob er mit ihm auf den Turm gehen möchte. Was er auch immer getan hat, weil er wusste, wie gern der Norbert auf den Turm ging. Die vielen Zimmer, die vom Turmaufgang zu erreichen waren, hatten alle eine winzige Tür. Hinter diesen winzigen Türen waren riesige meterhohe Räume, in denen Strohpuppen bei der Verrichtung der verschiedensten Arbeiten installiert waren. Ein riesiges Puppenhaus mit menschengroßen Puppen war sie, die Burg. Die ausgestopften Menschen strahlten bei der Verrichtung ihrer ewig gleichen Arbeit eine Ruhe aus, die den echten Menschen fehlte. Die künstlichen Menschen die liebenswerteren waren für den Norbert, in der eingefrorenen Gelassenheit ihrer Welt der hohen Räume. Er am liebsten bei ihnen geblieben wäre und ihnen beim Ziehen der Egge, beim Schmieden des Stahls und beim Backen des Brotes geholfen hätte, in einer stummen Übereinkunft und grundlegenden Natürlichkeit, die außerhalb der winzigen Türen der Burg nicht möglich war für den Norbert. Vom Turm aus hatte man den schönsten Ausblick über das ganze Mürztal bis zum Schneeberg. Außerdem konnte er von oben auf die Luftdruckgewehr schießenden Leitenbauerbuben spucken, die davon nichts bemerkten in ihrer Schießwut. Ihre Schießwut, die sie als Leidenschaft bezeichneten. Aufgrund ihrer Treffsicherheit wurde später einmal von ihnen der halbe Mugler leergeschossen. Im Gegensatz zu den Katzenmorden ihrer Kindheit durften sie sogar in aller Öffentlichkeit stolz sein auf die Morde. Weil sie durch den bestandenen Jagdschein dazu berechtigt waren und das Morden in der Öffentlichkeit akzeptiert, ja sogar angesehen und beliebt war. An das Aufschlagen seiner Spucke auf den Leitenbauerbubenrücken musste der Norbert denken, als er im Bahnhofsrestaurant aus der bauchigen Flasche das rote Himbeerkracherl trank. Und an die Rosemarie. An die Rosemarie musste er auch gleich wieder denken, als er aufs Klo des Bahnhofsrestaurants ging. Weil es auf den öffentlichen Klos, wie jeder aus eigener Erfahrung weiß, immer scharf brunzelt, hat es ihn auf diesem Klo besonders an die Rosemarie und die weiche Stelle zwischen ihren Beinen erinnert.

»Du wirst lachen, Kreisky, wo du normalerweise die Luft anhältst und schaust, dass du möglichst schnell wieder rauskommst aus so einem Klo, habe ich noch einmal tief Luft geholt, bevor ich wieder rausgegangen bin. Der grauslichste Gestank macht dich glücklich, wenn er dich an etwas Schönes erinnert, wirklich wahr. Die Menschen verschwinden alle, stimmt's? Nur die Erinnerungen an diese Menschen und die Gerüche, die du mit ihnen verbindest, bleiben. So wie einige wenige Stücke, die du dir aufbehältst zur Erinnerung, Kreisky«, sagt der Herr Norbert.

Der Norbert hat sich die Armbanduhr der Mutter aufbehalten seinerzeit. Die war in dem Brief, den der Pfarrer Probodnig dem Norbert geschickt hat nach ihrem Tod. Sonst ist nichts übrig geblieben von ihr als diese Armbanduhr, weil der Rest des Erbes, wie gesagt, für ihren eigenen Tod draufgegangen ist. Waren die unsterblichen Überreste der Mutter ein Brief, das Abschiedsfoto vom Pichlberger Fotofrosch und eine unechte vergoldete Armbanduhr gewesen. An die Armbanduhr auf dem Handgelenk der Mutter musste der Norbert auch denken, als er im Bahnhofsrestaurant das Himbeerkracherl aus der bauchigen Glasflasche trank, weil er die ganze Zeit auf die Bahnhofsuhr schaute, die vor ihm hing. Die Armbanduhr trug die Mutter auch am Tag der Kindsweggabe. Von der Früh an schaute

sie permanent auf die Uhr, die sie an ihrem linken Handgelenk trug. Hat sie so getragen, dass das Gehäuse immer an der Innenseite des Handgelenks gewesen ist und sie deshalb die Hand zuerst schütteln und nach außen hat drehen müssen, um die Zeit ablesen zu können. Deshalb machte sie an diesem Tag, während sie den Norbert herrichtete und ausgehfertig machte, ihn zum Fotofrosch brachte und das Gewand zurechtzupfte, ihm am Bahnsteig den Inhalt seines Rucksacks aufzählte, diese Bewegung mit der Hand. Sah der Norbert später, als er bereits in Wien lebte, auf der Straße eine Frau, die gerade auf den Bus wartete zum Beispiel und eben diese Handbewegung machte, weil es anscheinend die Angewohnheit einer Generation von Frauen ist, ihre Armbanduhren mit dem Gehäuse an der Innenseite des Handgelenks zu tragen, musste er sofort an die Mutter denken. Verfolgten ihn die Erinnerungen ein Leben lang deswegen, weil er sich den zufälligen Auslösern dieser Erinnerung nicht entziehen konnte natürlich. Hat in den Frauen seine Mutter wiedererkannt und ist ihm beim Anblick dieser ihr Handgelenk schüttelnden Frauen jedes Mal die Gänsehaut aufgestiegen, wie man so schön sagt.
Als der Norbert an seinen Wochenenden mit der Straßenbahn durch Wien fuhr, sehnte er sich nur danach, die Rosemarie wiederzusehen. Fuhr mit der Straßenbahn zu den Plätzen, wo sie einander immer

getroffen hatten früher, als der Norbert noch im Arnautovič Kinderheim wohnen musste. Hatte er sich anfangs noch gefreut, vom Leitenbauerhof und den Leitenbauerischen wegzukommen, war ihm diese Freude bald vergangen. Wünschte er sich, wieder mit der Mutter in der Leitenbauerkeusche wohnen zu können, aber die war ja tot. Um die Rosemarie zu treffen, hat sich der Norbert nachts heimlich davongemacht. Aus einem Küchenfenster, das das einzige Fenster im Kinderheim gewesen ist, das nicht vergittert war, weil die Erdäpfel direkt durch dieses Fenster geliefert wurden. Meistens haben sich der Norbert und die Rosemarie im Prater getroffen, beim Calafati, dem großen Chineser, wie die Wiener die Statue nennen. Aufgehalten haben sie sich aber nicht im Prater, sondern haben im Schatten der Lichter das Treiben beobachtet. Unsichtbar sind sie die Prater Hauptallee entlanggegangen oder haben sich nebeneinander in die Praterwiese gelegt und in den Himmel geschaut. Auf der feuchten schwarzen Wiese haben sie sich wohlgefühlt. Der Norbert trug im Sommer immer eine knielange Trachtenlederhose mit Hirschhornknöpfen. »Kreisky, sag ich zu ihm, obwohl die knielangen Trachtenlederhosen, die von Generation zu Generation weitervererbt werden, ewig halten, haben sie für den Besitzer allerdings ein Ablaufdatum. Wächst der Besitzer so einer Hose aus dieser Hose heraus und trägt sie trotzdem weiter, wird er automatisch zu einer lächerlichen Figur, nicht wahr? Ich meine, ein ausgewachsener Mann, der eine knielange Trachtenlederhose anhat, verliert doch automatisch seine Ernsthaftigkeit, oder etwa nicht? Niemand kann so einen erwachsenen Mann mehr ernst nehmen. Deshalb hab ich auch die Mürztaler Lausbuben zum Beispiel nicht ernst nehmen können, abgesehen von dem Zinnober, den sie fabriziert haben jetzt. Trotzdem bestehen diese Männer auf ihrer Ernsthaftigkeit und verlangen auch noch von den anderen den ihnen ihrer Meinung nach gebührenden Respekt. Wie soll das gehen, frag ich mich, Kreisky. Außerdem haben die knielangen Trachtenlederhosen die Fähigkeit, die Bösartigkeit und Gemeinheit ihrer Träger zu verschleiern. Helfen mit, diese Eigenschaften zu verniedlichen, wirklich wahr. Hat zum Beispiel der Hitler in seiner Uniform bedrohlich und mächtig ausgeschaut, ist er in der knielangen Trachtenlederhose zum harmlosen Spaziergänger und Naturliebhaber geworden. Direkt sympathisch. Hätte der Hitler nicht vorher die knielange Trachtenlederhose angehabt, kein Mensch wäre auf dem Wiener Heldenplatz gestanden und hätte ihm zugewunken vor lauter Freude, Kreisky, sag ich. Nicht die Wehrmacht, die SS oder die Propaganda, sondern die knielange Trachtenlederhose, die den gemütlichen Wienern so getaugt hat am

Hitler, war seinerzeit schuld am Anschluss, wirklich wahr. Nicht zu vergessen natürlich auch die Fotos, auf denen der Hitler Hunde streichelnd abgebildet war. Die Hundefreunde, von denen es ja in Wien am meisten gibt, wie du selbst weißt, Kreisky, haben dem Hitler die Tierliebe hoch angerechnet. Weil, wer Hunde gernhat, der kann auch sonst keiner Fliege was zuleide tun, haben sie gedacht damals, Kreisky, sag ich zu ihm.« Dem Norbert stand seine knielange Trachtenlederhose zu diesem Zeitpunkt sehr gut. Vor allem hat sie der Rosemarie gefallen, was der eigentliche Beweggrund für den Norbert war, sie zu tragen. Die Stadtkinder hatten diese Hosen ja überhaupt nicht an. Kannten sie nur von Fotos her, die in den Werbeprospekten der steirischen Touristik für den Urlaub auf dem Bauernhof zum Beispiel abgebildet waren. Für den Norbert war sie nur eine ganz normale Hose bis dahin. Hat sie eigentlich überhaupt nicht leiden können, weil ihn die anderen Kinder im Heim immer ausgelacht haben deswegen, er als Landei verspottet wurde von ihnen und sie ihm nicht nur einmal in den Spind und auf die Trachtenlederhose gebrunzt haben. Darum hat er sie auch nur ausschließlich zu seinen Treffen mit der Rosemarie angezogen. Als die Rosemarie auf einmal verschwunden war, trug er sie überhaupt nicht mehr. Hat sie aus Wut weggeschmissen, mitsamt dem körperfeindlichen Walkjanker, den er aufgehoben hat bis dahin, aus nostalgischen Gründen und zur Erinnerung an die Mutter hauptsächlich. Die Rosemarie hat immer Kleider angehabt im Sommer. Das rote Kleid mit den aufgestickten Gänseblümchen gefiel dem Norbert am besten. Willst du dich an mich erinnern?, hat sie gefragt und ihre Hand auf seinen Handrücken gelegt. Du musst aber wegschauen, hat sie gesagt. »Ich hab in den Himmel geschaut, der wegen der vielen Lichter ringsherum nur ein schwarzes Loch war. Aber nur kurz, Kreisky, weil wenn dir jemand sagt, du darfst wo nicht hinschauen, ist klar, dass du natürlich sofort dort hinschaust«, sagt der Herr Norbert. Nicht schauen!, hat die Rosemarie den herüberschielenden Norbert angeschrien und ihm auf die Stirn geschlagen. Mit den Beinen hat sie ihren Unterkörper hochgestemmt und ihr Kleid bis über Becken und Bauch gezogen. Darunter trug sie eine gelbe Unterhose, auf der ebenfalls Blumen in allen Farben aufgedruckt waren. In die Unterhose steckte sie jetzt ihre Hand, führte damit die Hand vom Norbert zur gewünschten Stelle zwischen ihren Beinen. Sie berührte vorsichtig die Stelle, die sich so weich anfühlte wie die Pfoten vom Wagenbauer seiner Murli, die der Norbert eben wegen ihrer samtenen Oberfläche so gerne angegriffen hat. Die Rosemarie streichelte mit den Fingern vom Norbert in kreisförmigen Bewegungen die weiche Stelle zwischen ihren Beinen. Drückte sie mit ihrer Hand fest gegen ihr Becken. Die Stelle wurde nass und glitschig. Fühlte sich an wie der Froschlaich, den es im Teich hinter dem Leitenbauerhof in Massen gegeben hatte und in den der Norbert wegen seiner angenehm gallertartigen Konsistenz oft die Finger hineingesteckt hatte. Mit ihrem Finger drängte die Rosemarie seinen Mittelfinger in ihr Loch hinein und atmete dabei heftig aus. Es war eng und er konnte die Beckenknochen spüren, die seinem drängenden Finger kaum nachgaben. Vor und zurück schob die Rosemarie seinen Finger in ihrem Loch, das immer feuchter wurde und auf der gelben Unterhose bereits einen dunklen Fleck hinterlassen hatte. Der Widerstand im Loch wurde kleiner, es weitete sich aus, und bald schon hatte er zwei Finger tief in der Rosemarie stecken. Vom Prater herüber konnte der Norbert Männergeschrei hören, das knackende Platzen einer Flasche auf Asphalt, quietschende Autoreifen und das darauffolgende Hupen. Mit beiden Händen drückte die Rosemarie die Hand vom Norbert zwischen ihre Beine, die sie abgewinkelt und so weit gespreizt hatte, dass die Knie fast den Boden berührten. Der Norbert stützte sich auf einen Ellbogen und stocherte in der Rosemarie herum. Immer schneller bewegte die Rosemarie den Norbert in ihrem Loch, bis ihr Unterleib zu zucken begann, sie die Schenkel zusammenpresste und

Norberts Hand, dessen Finger noch immer im Loch steckten, einklemmte. Die Rosemarie bewegte sich nicht mehr, zog Norberts Hand aus ihr und der Unterhose und legte sie auf seine Brust. Zur Erinnerung, sagte sie, sprang auf, strich das Kleid über ihren Beine glatt, drehte sich um und rannte weg. Norbert sprang auch auf und rief ihr überrascht irgendwas nach. Da war sie aber schon im grellen Licht des Praters verschwunden. Zurück im Arnautovič Kinderheim, in dem Sechsbettzimmer, das er vier Jahre lang bewohnte, lag er in dem oberen Stockbett und roch an seinen Fingern. Sie brunzelten leicht. Rochen nach einer Mischung aus Hautcreme, Seife und ranziger Rindsuppe. Ringsherum waren die Schlafgeräusche seiner Zimmerkameraden zu hören. Das Schnarchen, Schnaufen und gelegentliche Schluchzen, das dem Norbert das Einschlafen Nacht für Nacht fast unmöglich machte. Es immer nur durch Wortzerdenken schaffte und durch das Denken der Melodie, die die Mutter immer gesummt hatte am Leitenbauerhof. Von diesem Abend an war noch der Geruch der Rosemarie an seinen Fingern dazugekommen, der aber viel zu schnell nachließ, und ihm nichts anderes übrig blieb, als an ihn zu denken. Weil er nie wieder die Möglichkeit hatte, die Finger in die Rosemarie zu stecken, um den Geruch aufzufrischen. Hat er später einmal einen ähnlichen Geruch wahrgenommen, ist ihm augenblicklich schwer ums Herz geworden, wie man so schön sagt. Ist ihm beim Betreten eines Pissoirs sofort die Rosemarie, ihre weiche Stelle zwischen den Beinen, das rote Kleid, die gelbe Unterhose und ihre Hand auf seiner eingefallen. Außerdem ist ihm DAS GEIMPFTE AUFGEGANGEN, wie die Mutter im Zorn immer gesagt hat, weil er eine Wut gehabt hat auf die Rosemarie. »Es ist doch so, Kreisky, nicht wahr? Was dir fehlt merkst du erst, wenn es weg ist. Das weiß doch jeder. Wenn du es nur einmal kriegst, dann nie wieder, trauerst du zuerst und bekommst anschließend eine Wut, die dich wahnsinnig macht. Weil es eine sinnlose Wut ist, die zwar gegen den anderen gerichtet ist, die du aber selbst schlucken musst natürlich. Willst die Erinnerung vergessen und zerdenken. Du durch diese Gedanken aber im Gegenteil immer wieder daran erinnert wirst. Es dir unmöglich ist, so eine Erinnerung zu vergessen, alleine dadurch, daran zu denken, sie vergessen zu müssen, und so weiter. Alles andere vergisst du sofort, weil du großteils das Gleiche machst tagtäglich. Dich jeden Tag mit den gleichen Dingen beschäftigst, die du bis zum Abend meistens schon wieder vergessen hast. Du dich an dein halbes Leben nicht mehr erinnern kannst deswegen. Nur die Erinnerung, die du unbedingt vergessen willst, vergisst du nicht, wirklich wahr. Weil du es eigentlich gar nicht willst.

Sie trotz der Wut und dem Kummer, die dir diese Erinnerung macht, doch die einzige ist, die dir bleibt. Die dich quasi bewegt, in dem Sammelsurium vergessener Erinnerungen, Kreisky, sag ich zu ihm.«

Der Norbert lag in seinem Bett und roch an seinen Fingern, von denen der Geruch von der Rosemarie schon längst verschwunden war, und summte sich im Hirn die Melodie der Mutter vor. Ein zusätzlicher Trick, überhaupt jemals einschlafen zu können, war die Vorstellung eines Szenarios, an das zu denken ihm eine innerliche Ruhe bereitete. Wurde er im Halbschlaf durch das Grunzen eines Zimmerkameraden gestört, begab er sich sogleich in dieses Szenario hinein. Ließ ihn das erstickende Schluchzen nicht einschlafen, das zum Beispiel von dem im Stockbett unter ihm liegenden, in den Polster weinenden Zimmerkameraden kam, schon saß er in der Straßenbahn. War als Straßenbahnfahrer auf dem Wiener Ring unterwegs, zum Rathaus, wo an diesem Tag von den Vertretern des steirischen Bauernbunds eine Demonstration veranstaltet wurde. An der Spitze des Demonstrationszugs stand der Leitenbauer mit dem alten grünen Traktor, auf dem auch die zwei Leitenbauerbuben saßen. Der jüngere mit gespaltenem, hirnlosem Kopf. Die Masse der Steireranzug- und Steirerhutträger färbte den

Platz vor dem Rathaus graugrün. Der Leitenbauer stand auf dem Traktor mit einer Mistgabel in der Hand, schrie Hollodero!, und die graugrüne Masse machte es ihm nach. Hollodero!, wurde geschrien und mit Hunderten Goiserern in den Boden gestampft. Runde, rote, bamstige Fressen stimmten das Dachsteinlied an, in der Version der Mürztaler Lausbuben, die auf dem Anhänger des Leitenbauerischen Traktors ihren beliebten Zinnober aufführten. Die steirische Bauernseele kochte bereits, als der Norbert mit der Straßenbahn gerade bei der Wiener Universität um die Ecke bog und schon von Weitem den Bauernaufstand vor dem Rathaus sah. Konnten eigentlich die Weststeirer mit den Oststeirern nicht das Geringste anfangen und hassten die Obersteirer die Südsteirer bis aufs Blut, schlug der eine dem anderen bei jeder sich bietenden Gelegenheit den Schädel ein, standen sie doch, wenn es um die gemeinsame Sache ging und somit in diesem Fall gegen die Hauptstadt, zusammen wie ein Mann, wie der Leitenbauer immer gesagt hat, und forderten lautstark die Herausgabe des Wiener Bürgermeisters, um ihm den Kopf abzuhacken und als Trophäe den Daheimgebliebenen darbieten zu können. Der bei dem Anblick der skandierenden Bauern wütend gewordene Norbert beschleunigte seinen mit einer Reihenschlussmaschine ausgestatteten 4013'er M-Triebwagen und steuerte auf die

Menge zu. Ohne die Glocke zu betätigen, die normalerweise unaufmerksame Verkehrsteilnehmer vor dem Zusammenführen warnt, fuhr er ungebremst in die Lodenmasse hinein. Der Leitenbauerische Traktor wurde ausgehoben und begrub Dutzende Demonstranten unter sich in einem Aufwasch. In dem Moment, in dem die in Panik geratenen und blutverschmierten steirischen Bauernbundmitglieder mit grauen Gesichtern die Flucht in den Volksgarten antraten und die Mürztaler Lausbuben bis zur Unkenntlichkeit zerquetscht am Dr.-Karl-Lueger-Ring verstreut herumlagen, entzogen sich die Geräusche der Zimmerkameraden vollends seiner Wahrnehmung und der Norbert schlief mit ruhiger Atmung ein.

»Du wirst lachen, Kreisky, die Rosemarie war die letzte Frau, die ich gehabt habe. Die man zählen kann jetzt. Die anderen, die ich nachher gehabt habe, kannst du ja nicht zählen. Vor denen hat mir gegraust, sobald die Hosen runter waren, wirklich wahr«, sagt der Herr Norbert. »Hab ich einer von denen die Unterhose runtergezogen, schon war ich reisefertig. Weil die alle einen üppigen Unterwuchs gehabt haben. Vor nichts hat mir mehr gegraust, als vor den bis zu den Oberschenkeln mit Schamhaar zugewachsenen Unterleibern. Die Frauen sind mir vorher durchaus sympathisch gewesen. Bin mit ihnen ins Kino gegangen oder zum Heurigen. Habe mich mit ihnen gut unterhalten und bin mit manchen sogar auf einer Wellenlänge gelegen, wie man so schön sagt. Nach der Freilegung ihres Brunzbuschens war dann aber Sendepause. Das ist doch verständlich oder, Kreisky, sag ich zu ihm.«

Ganz im Gegensatz zu seinen Kollegen im ÖBB-Lehrlingsheim und später auch bei den Wiener Linien. Denen konnte eine Frau nicht zu behaart sein. Je mehr Pelz zwischen den Beinen umso besser. Wucherten die Schamhaare seitlich bei der Unterhose schon einen Zentimeter heraus, konnten sie die drahtigen Stacheln, die es durch den Slip herausdrückte, schon mit den Fingern spüren, schon kriegten sie einen Ständer, wie sie gesagt haben. Schwärmte ein Kollege nach dem Wochenende wieder einmal über die Behaarung einer Alten, wie die Kollegen die Frauen immer nannten, auch wenn die Frauen ganz jung waren, die er mit nach Hause und in seinem Kinderzimmer im Haus der Eltern getupft hatte, wie er sagte, weil gewohnt haben die Kollegen alle noch bei der Mama, meistens nach dem Besuch einer dieser Dorfdiscos, in denen nur Schlager und volkstümliche Musik gespielt wird, zu der sich die Frauen und Männer in schwindelerregender Geschwindigkeit im Kreis drehen, wurde dem Norbert schon rein vom Zuhören immer ganz schlecht. Weil der Norbert nur die glatte und kindliche Muschi der Rosemarie kannte, die aussah wie zwei Mandarinenhälften, empfand er die ganz normalen, mit Schamhaar zugewachsenen Scheiden der Frauen als grauslich.

»Aber wehe, du sagst was dagegen, Kreisky, dann wirst du schief angeschaut. Wenn du ihnen erklärst, wie unhygienisch das ist mit den Haaren. Vor allem, wenn sie die Regel haben, die Frauen. Wenn nicht nur kleine Bröckchen, sondern ganze Fetzen mit dem Blut herausgeschwemmt werden aus der Gebärmutter. Die sich dann verfangen im Busch und stinken als wie. Fut ist gut wenn's stinken tut, sagen sie und hauen sich ab. Halten dich für einen Perversen, wenn du sagst, dass nur eine Mädchenmuschi eine schöne Muschi ist. Eine hygienische und reine Muschi, weil die noch keine Regel gesehen hat jemals, wirklich wahr. Stimmt doch? Oder etwa nicht? In Wirklichkeit sind sie die Perversen, Kreisky, nicht ich. Die nur an großen Titten lutschen wollen, weil sie an ihre Mütter erinnert werden dadurch. Stochern und lecken in den behaarten, mit Gebärmutterschleimhaut verpickten Löchern der Frauen nur deshalb so gerne herum, weil ihre Mütter sie einmal aus diesem Loch rausgeschmissen haben, das ist der Hauptgrund! Kinderschänder haben sie mich genannt, Kreisky. Nur weil ich sie darauf hingewiesen habe, wie abartig sie sind. Dabei sind sie es gewesen, die an den Wochenenden, wenn sie nach Hause in ihre Dörfer gefahren sind, beim Doktorspielen ihre eigenen Schwestern und Cousinen vergewaltigt haben, aus reiner Geilheit und Neugierde. Während ihre Eltern ein Grillfest veranstaltet haben im Garten hinter dem Haus und ihr Vater gerade ein Stück Schopffleisch auf den Rost gelegt hat oder ein Cevapcici zum Beispiel, haben sie ihrer jammernden Cousine derweil in einem Kukuruzfeld oder einer dieser Hollywoodschaukeln, wie sie sie früher überall gehabt haben, ihren neugierigen Schwanz hineingesteckt. So ist das gewesen, Kreisky, alles andere ist gelogen, das kannst du mir glauben! Geredet und geschwärmt haben sie von den rassigen Weibern mit ihren pelzigen Futen, vergangen haben sie sich an der minderjährigen Verwandtschaft. Darum ist in diesen Dörfern auch jeder mit jedem verwandt und verschwägert, wie man so schön sagt, wirklich wahr«, sagt der Herr Norbert.

Ein guter Seemann sticht auch in rote See, haben die Kollegen gesagt, so wie auch der Leitenbauer diesen Spruch gerne angebracht hat, im angetrunkenen Zustand meistens und wenn er wieder einmal gedurft hat bei der Leitenbauerin, was nicht oft der Fall war. Die Mutter hat dann immer gesagt, EIN BLINDES HUHN et cetera und alle anderen haben so getan als wäre nichts gesagt worden, was bei allen unangenehmen, peinliche oder tragische Unglücke betreffenden Themen so war, die am Leitenbauertisch angesprochen wurden. In Gesprächen mit den Lehrlings- und Straßenbahnfahrerkollegen, bei denen es sich um das Weibertupfen gehandelt hat, wie sie immer gesagt haben, hielt sich der Norbert schließlich ganz heraus. Da aber die Gespräche der Kollegen hauptsächlich das Weibertupfen, die schöne Heimat, das Wettsaufen und das anschließende gegenseitige Zusammenschlagen zum Thema hatten, beteiligte er sich nur mehr selten daran. Sind von zehn Menschen neun einer Meinung und nur einer dagegen, ist natürlich die eine Meinung die falsche, da fährt der Zug drüber. Das Individuelle interessierte in Pichlberg auch nie jemanden, hat sich der Norbert gedacht, als er wieder im Zug zurück nach Wien saß, diesmal im Waggon wie die anderen Passagiere auch. Das Abteil, in dem er saß, war leer, so wie auch im gesamten Zug nur wenige Leute mitfuhren. Im Gegensatz zur Straße, an der der Zug vorbeifuhr. Auf der sogenannten Gastarbeiterroute war wieder einmal die Hölle los. Zur Ferienzeit wurde diese Mörderstraße zum Massengrab für Autofahrer, wie die steirischen Zeitungen schrieben. Zum Terror von Blech und Blut, konnte man lesen. »Die Neger Europas richten ein Blutbad auf unseren Straßen an, haben sie geschrieben, Kreisky«, sagt der Herr Norbert. »Sobald die Ferien angefangen haben, haben sie ihre Schraubenzieher fallen lassen, sind in ihre Autos gehüpft und nach Jugoslawien oder in die Türkei gefahren. In einem durch natürlich. Darum sind Tausende von ihnen vor lauter Müdigkeit auf der steirischen Gastarbeiterroute tot liegen geblieben. Der Leitenbauer war fuchsteufelswild, wie er die Schlagzeilen gelesen hat. Weil nach dem Tod der Mutter auch bei ihm ein jugoslawischer Gastarbeiter auf dem Hof gearbeitet hat, wie sie mir erzählt haben. Du wirst lachen, Kreisky, sag ich zu ihm, also hat doch noch ein Neger auf dem Leitenbauerhof gearbeitet. Zwar kein kohleteufelschwarzer, sondern ein europäischer, aber immerhin. Auf jeden Fall habe ich es ihm vergönnt, wirklich wahr, Kreisky. Warum auch nicht, oder?«

Der Zug hatte Mürzzuschlag verlassen und war an der Station Semmering vorbeigefahren. Im Schneckentempo, wie man so schön sagt. Durch das Fenster hat der Norbert die Leute gesehen, die sich vor dem Drehkreuz zum Sessellift anstellten, im eiskalten Wind, der dort immer weht. Hat sich an die eigenen Skitage erinnert, die im Winter regelmäßige Pflichttermine waren. Jeder Steirer muss Ski fahren lernen!, hat der Leitenbauer gesagt, als der erste Schnee am Mugler liegen geblieben ist. Ein Steirer, der nicht Ski fahren kann, ist eine Schande, hat er gesagt. Natürlich gab es am Mugler nicht so einen schönen Lift wie zum Beispiel am Semmering oder am Hirschenkogel. Dort gab es gar keinen Lift, geschweige denn eine präparierte Piste, auf der der Norbert vielleicht sogar gerne hinuntergefahren wäre, wenn er eine ordentliche Ausrüstung gehabt hätte. Aber davon wollten der Leitenbauer und besonders die Leitenbauerin überhaupt nichts hören. Weil wenn es ums Geld ausgeben ging, war die Leitenbauerin auf beiden Ohren taub. DA KRIEGST DU EHER VON EINEM TOTEN EINEN SCHAS HERAUS ALS AUS DER LEITENBAUERIN EINEN SCHILLING, hat die Mutter immer gesagt. Glaubst du, wir haben eine teure Ausrüstung gehabt?, hat die Leitenbauerin gesagt. Auf Holzbrettern sind wir gefahren seinerzeit und konnten trotzdem besser fahren als die mit der teuren Ausrüstung! Mit den billigen Skiern lernst du das Fahren viel besser!, hat sie gesagt. Dabei standen in der Garage immer die neuesten Modelle der teuren Skimarken. Standen dort und verstaubten, weil die Skier, die den Leitenbauerbuben gehörten, nie benutzt wurden. Weil die Leitenbauerbuben, wie gesagt, viel zu fett und ungelenk waren für jede sportliche Betätigung. Sie nur das Jagen gut beherrschten, weil sie da auf ihrem Hochsitz gemütlich herumsaßen und von oben die Tiere ohne jede körperliche Anstrengung erschießen konnten. Dabei sind sie immer *noch* fetter geworden, weil sie während des Wartens natürlich die gallige Jause der Leitenbauerin mit BUTZ UND

STINGL, wie die Mutter immer gesagt hat, aufgefressen haben und diese auch noch mit dem Leitenbauer seinem Zwetschgernen hinuntergespült haben, die Rauschkinder, den ihnen der alte Jäger Leitner als mutmaßlicher *Jagdführer* gegeben hat, als Zielwasser quasi. Also musste der Norbert das Skifahren mit uralten Skiern und in seinem normalen Straßengewand lernen, obwohl er überhaupt nicht wollte. Bereits nach dem ersten Sturz war er bis auf die Haut nass. Gestürzt ist er nicht nur wegen der uralten Ski, die keine Kanten mehr hatten, sondern weil der Norbert auf die Muglerleiten selbst hinaufstaffeln musste und deshalb schon komplett erschöpft war, bevor er überhaupt oben angekommen ist. Fuhr mit schlotternden Knien weg und blieb bereits nach den ersten paar Schwüngen im Tiefschnee stecken, weil die Muglerleiten nicht präpariert war natürlich. ES IST NOCH KEIN MEISTER und WER ZULETZT LACHT et cetera, hat die Mutter immer zum Norbert gesagt, die unten auf ihn gewartet hat, wo sich die anderen Kinder mit ihren neuen Atomic- und Blizzardskiern über ihn lustig gemacht haben, als er mit roten Schürfwunden im Gesicht ankam. Die von der Mutter selbst gestrickte Haube saß schief auf dem verschwitzten Kopf und aus beiden Nasenlöchern bis zur Oberlippe hing ihm eine Rotzglocke, die er sich in den Ärmel seiner Strickweste wischte. ES GIBT NICHTS

GUTES, AUSSER MAN TUT ES, hat die Mutter zur Aufmunterung gesagt und ihn wieder hinaufgeschickt auf die Leiten, was er ihr zuliebe jedes Mal getan hat. »Jede Nacht habe ich gebetet für einen Föhneinbruch. Wenn ich brunzen musste, habe ich es nur auf den Schnee gemacht, um ihn zu zerschmelzen vor lauter Verzweiflung. So blöd bist du als Kind, Kreisky, sag ich zu ihm. Du hoffst auf das Unmögliche und bittest ein höheres Wesen um Hilfe, von dem du glaubst, dass es wirklich existiert, weil sie es dir eintrichtern ein Leben lang, und wirst dann bitter enttäuscht, wenn der Föhn nicht kommt und du jeden Tag weiterhin auf die Muglerleiten hinaufstaffeln und hinunterfahren musst, wirklich wahr.« Gehen wir heim, sonst HOLST DU DIR NOCH DEN TOD, hat die Mutter nach Stunden endlich gesagt, wenn der Norbert von der durchweichten Kleidung schon ganz durchgefroren war. Aufgrund der ihm aufgezwungenen Skiausflüge hat der Norbert den Winter gehasst. Zusätzlich zu den verhassten Skiausflügen war an der Schule, in die der Norbert gegangen ist, der Besuch des Wintersportmuseums in Mürzzuschlag ein jährlicher Pflichttermin. Jedes Jahr musste sich der Norbert durch die einzelnen Epochen des Skirennsports begleiten lassen, wie die Museumsführer immer zu sagen pflegten, und sich die Beweihräucherung der österreichischen Skirennfahrerlegenden anhören. Hat es ein

Skirennfahrer durch jahrelanges Hinunterfahren verschiedenster Leiten in bestmöglichen Zeiten zu einer Skirennfahrerlegende gebracht, ist er gleichzeitig zu einem Heiligen geworden. ALS SKIRENNFAHRERLEGENDE KANN MAN ES ZU ETWAS BRINGEN, hat die Mutter immer gesagt. Tatsächlich haben es die Skirennfahrerlegenden zum Beispiel als Schauspieler, Sänger, Politiker, Fernsehmoderatoren, Hoteliers oder mutmaßliche Werbetestimonials für die verschiedensten Produkte, die mit dem Skirennsport nichts zu tun haben, zumindest in Österreich und den deutschsprachigen Ländern zu etwas gebracht. Meistens jedoch zu zweifelhaftem Ruhm, wie man so schön sagt. »Ich habe die Skirennen nie leiden können«, sagt der Herr Norbert. »War das selber Hinunterfahren von so einer Leiten schon das Fadeste, das man sich vorstellen kann, ist das Zuschauen bei diesen Rennen die noch größere Zeitverschwendung, oder etwa nicht, Kreisky? Natürlich sind am Leitenbauerhof den ganzen Winter, vor allem an den Sonntagen, nur Skirennen im Fernsehen gelaufen. Weil der Leitenbauer ein großer Fan davon war. Deshalb waren die meistgehörten Worte, die ich in den Wintermonaten aus dem alten Panasonic Schwarz-Weiß-Röhrenfernseher gehört habe, auch *Haarnadelkurve, Mausefalle* und *Streif,* wirklich wahr, Kreisky. Hat es von der ersten Minute der Fernsehliveübertragung bis zum Abschwung des letzten Skirennläufers mucksmäuschenstill sein müssen in der Stube deswegen. Der Brennsterz, den sie sich zeitgleich mit der Übertragung in den Mund gestopft haben, ist den Leitenbauerischen dabei wieder aus den Mundwinkeln gebröselt vor lauter Aufregung, Kreisky, ob du es glaubst oder nicht, das muss man sich mal vorstellen«, sagt der Herr Norbert. Gewann ein Österreicher, umarmten sie einander und busselten sich gegenseitig ab, mit vom Brennsterz glänzenden Lippen und vor Freude glasigen Augen. Was sie sonst kein einziges Mal getan haben ihr Lebtag. Sie das untereinander Abbusseln und Herzen als pervers und schwul bezeichnet haben. Verloren die Österreicher, jagte der Leitenbauer die Buben hinaus auf den Hof, mit der Aufforderung, nicht faul in der Stube herumzusitzen und *fernsehen zu schauen*, sondern sich seiner Meinung nach, wie er es immer gesagt hat, nützlich zu machen. Die Leitenbauerbuben rannten raus in den Hof, schnappten sich ihre Rodeln und fuhren Hollodero! schreiend die Leiten hinunter. Der Norbert folgte ihnen und ging hinter die Keusche, wo er sich aus Zeitvertreib Schneekugeln baute. Begann mit faustgroßen Schneebällen, die er durch Rollen im Tiefschnee immer größer formte, bis sie größer waren als er. Wollte die riesigen Schneebälle die Leiten hinunterrollen lassen. Stellte sich vor, dass sie durch das Rollen immer noch größer würden, zu ausgewachsenen Lawinen würden dadurch, die im Tal einschlagen und das ganze Pichlberg begraben würden unter sich, damit nur eine einzige schöne Ruhe übrig bliebe. Leider Gottes ist es ihm nie geglückt. Die Schneebälle fielen auseinander, zerbrachen an Bäumen oder blieben ganz einfach im Tiefschnee stecken. So sehr er sich auch abmühte, sogar die Wiese schon zum Vorschein kam, weil er aus dem ganzen Schnee Schneebälle gemacht hatte, kein einziger schaffte es auch nur annähernd bis zur Hälfte der Leiten. Erschöpft saß er in seinem durchnässten Gewand, schwitzend und schnaufend, hörte die Stimme der Mutter, die ihren Kopf aus dem Fenster steckte und rief: ISS NICHT DEN GELBEN SCHNEE! »So vif war ich selber, weil die gelben Flecken ja alle von mir stammten. Ich vor dem Schlafengehen noch hinausgegangen bin, um den Schnee wegzubrunzen tagtäglich im Winter. Du wirst lachen, Kreisky, sag ich zu ihm, aber ich habe nicht irgendwas in den Schnee gebrunzt. Es musste ein Muster oder ein Wort sein. Eigenartigerweise habe ich immer nur zwei Sachen hineingebrunzt. Nämlich ein Hakenkreuz und das Wort Fut. Direkt zwanghaft habe ich nur diese beiden Motive in den Schnee gebrunzt und habe eine diebische Freude dabei gehabt, die man hat als Kind, wenn man etwas Ungehöriges tut, nicht wahr? Im Endeffekt war ich aber zu feig, die Hakenkreuze und die Futen im Schnee stehen zu lassen. Habe mich geniert dafür im Nachhinein. Deshalb habe ich aus dem Hakenkreuz ein Fenster und aus dem Fut ein Auto gemacht. Die Wiese hinter dem Leitenbauerhof war voll von gelben Fensterkreuzen und Autos, wirklich wahr. Mein Lebtag bin ich das nicht mehr losgeworden, Kreisky. Die Seiten in meinen Schulheften und Schulbüchern waren gefüllt mit umgebauten Hakenkreuzen und Futen. Noch heute male ich mir mit dem Finger diese beiden Motive auf den Oberschenkel. Im Wartezimmer vom Arzt zum Beispiel, oder wenn mir einfach nur so langweilig ist. Gleichzeitig geniere ich mich vor mir selbst und habe Angst, es könnte jemand bemerken, dass ich mir Hakenkreuze und Futen auf meine Oberschenkel male und sich denken: Was ist das für ein Mensch, der sich Hakenkreuze und Futen auf seinen Oberschenkel malt in aller Öffentlichkeit? Das ist doch nicht normal! Es ist ja auch nicht normal, oder Kreisky?«, sagt der Herr Norbert.

Natürlich hatten die Bemühungen des Norbert keine nennenswerten Auswirkungen. Das Schneeballbauen zur Vernichtung von Pichlberg, das Beten für den Föhn und das Schneebrunzen waren komplett umsonst gewesen. Weil zumeist schon am Abend eine Wolke über Pichlberg heraufzog und zwanzig Zentimeter Neuschnee herunterhaute, wie der Leitenbauer gesagt hat, und die Bemühungen und Hoffnungen des Norbert ruck, zuck wieder zunichte machten. MÜHSAM ERNÄHRT SICH DAS EICHHÖRNCHEN und FRÜH ÜBT SICH et cetera, hat die Mutter am nächsten Morgen gesagt und schon mit den alten, kaputten Skiern vor der Keusche auf den Norbert gewartet, um ihn zur Muglerleiten hinaufzubegleiten, wo er mit dem Staffeln wieder von vorne anfangen musste. Nie wieder in meinem Leben werde ich mir die Ski anschnallen, dachte sich der Norbert beim Anblick der Menschenschlange, die sich in der Kälte vor dem Lift gebildet hatte, als der Zug am Semmering an der Talstation vorbeifuhr und die ihn an die Skitage in Pichlberg erinnerten. Tatsächlich hat sich der Norbert nie mehr die Ski angeschnallt oder ein Skirennen im Fernsehen angeschaut. Ist vom Schnee im Generellen geheilt gewesen sein Lebtag. Vom Schnee und auch von der Kälte. Dem von ihr verursachten Brennen an den Füßen und Händen. Den rissigen Lippen. Der ununterbrochen rotzigen Nase. Den grippalen Infekten, die ihn in den Wintermonaten regelmäßig plagten, die er deshalb die meiste Zeit hinter dem Kanonenofen kauernd verbrachte. »Kreisky, sag ich, schon als Kind merkst du, dass alles nutzlos ist. Egal was du machst, es bringt nichts. Als Kind bist du nur ein Sklave und ein jeder kann dein Herr sein. Der größte Idiot ist mehr wert als du und kann dir anschaffen, was er will. Nur weil er erwachsen ist und du ein Kind bist. Oft hab ich mir gewünscht, nichts weiter als eine Leitenbauerische Sau zu sein. Eine unter vielen, die den ganzen Tag nichts anderes getan haben als zu fressen und zu scheißen und sich im eigenen Dreck zu wälzen. Die keine Ahnung gehabt haben vom Schlachtschussapparat und dem Messer, die auf sie gewartet haben. Anstatt jeden Tag wieder aufzuwachen und mir wieder Löcher mit dem Messer hineinstechen zu lassen. Die Messer kommen von allen Seiten und manchmal, wie bei der Mutter zum Beispiel, sogar von innen von einem selbst, Kreisky, wirklich wahr jetzt«, sagt der Herr Norbert.

WER MIT HUNDEN SCHLÄFT, WACHT MIT FLÖHEN AUF, hat die Mutter immer gesagt.

Am Südbahnhof wirst du von einem Erzieher abgeholt, hat die Mutter gesagt. Mit Ausnahme eines Wagenbauerischen Apfels befand sich noch die gesamte Jause der Mutter im Rucksack, weil der Norbert die ganze Fahrt überhaupt keinen Hunger mehr hatte vor lauter Aufregung. Dabei hätte er nicht aufgeregt sein müssen, wenn es nach der Mutter ging. Laut der Mutter konnte er den Erzieher überhaupt nicht übersehen. DEN SIEHT EIN BLINDER, hat sie mehrere Male gesagt, als sie den besorgten Blick des Norbert bemerkte am Bahnsteig vom Pichlberger Bahnhof. Sagte es, während sie an seinem Gewand herumzupfte, ihm die Haut über dem Jochbein zusammenzwickte und die Bestandteile der Jause im Rucksack aufzählte. Gebetsmühlenartig quasi. Ist die Jause für einen Zehnjährigen viel zu viel gewesen. War auf einer Fahrt von gut zwei Stunden nicht aufzuessen. In die Jause hatte die Mutter ihr ganzes schlechtes Gewissen miteingepackt. Ihr schlechtes Gewissen darüber, dass der Norbert sie erwischt hat. Auf frischer Tat ertappt, wie es in den Zeitungen immer steht, mit dem Leitenbauer in ihrem Unterleib steckend. Der Pfarrer Probodnig bestätigte der Mutter, im Beisein des Leitenbauer, im besten Wissen und Gewissen zu handeln. »Im besten Wissen und Gewissen, hat der Pfarrer gesagt, wie sie es mir erzählt haben später«, sagt der Herr Norbert. »Obwohl dem beides schon von Berufs wegen her komplett unbekannt war. Wo doch jeder weiß, dass keine Mutter ihr Kind im besten Wissen und Gewissen weggibt. Sondern aus den verschiedensten unangenehmen Gründen dazu gezwungen ist! Konventionell, wie man so schön sagt, nicht wahr? Es aus Egoismus auch oft tut, oder aus einer vermeintlichen Notlage heraus. So wie es auch bei der Mutter in Wirklichkeit der Fall war, und sicher nicht im besten Wissen und Gewissen, wie es der Pfarrer Probodnig der Mutter eingetrichtert hat. Auf jeden Fall, wie der Zug langsamer geworden ist, ist mir zum ersten Mal so richtig der Reis gegangen. Da ist mir alles erst so richtig aufgegangen, wirklich wahr«, sagt der Herr Norbert. Der Norbert hatte sich nach der zweistündigen Zugfahrt schon an den Zug gewöhnt. Wollte ihn gar nicht mehr verlassen eigentlich. Hatte für sich schon den Beschluss gefasst, im Zug zu bleiben und darin zu leben. Die Abteile und Waggons waren für ihn die lebenswerteste Umgebung, die er sich in dem Moment vorstellen konnte. Die Zukunft im Zug hat er sich auf der zweistündigen Reise bis ins kleinste Detail ausgemalt und an die Tatsache, den Zug gleich wieder verlassen zu müssen, keinen Gedanken verschwendet. Der Geruch der verstaubten Pölster der Sitzbänke und die stickige Luft in den Raucherabteilen wurden sofort zu altbekannten, heimatlichen und beruhigenden Gerüchen. So wie der Duft von Weihnachtskeksen und abgebrannten Christbaumkerzen zum Beispiel. Wollte sich hinter dem Plafond der Waggons einrichten. Zwischen den Elektroleitungen und Lüftungsaggregaten sein Bett aufstellen und durch die Lüftungsschlitze die Fahrgäste beobachten, beim Zeitunglesen und Essen und Schlafen, und was Fahrgäste eben so machen während einer Zugfahrt. Hätte sich mit den Mäusen zusammengetan, die ja bekanntlich in den Zwischenräumen der Menschen und von den Menschen leben. Wäre ihr König geworden. Der König der Mäuse und ihr väterlicher Freund zugleich, die ihm das Essen besorgen und ihn anbeten würden wie einen Gott, hat sich der Norbert gedacht. Bis ihn ein Ruck herausriss aus diesen tröstlichen Gedanken. Der Zug war stehen geblieben, und Füße trampelten durch die Gänge des Zugabteils. Aussteigen, weiter geht's nicht, hat der Schaffner zum Norbert gesagt, dem bei dem Gehörten blitzartig die Knie zu schlottern begannen, wie man so schön sagt.

II

»Schon alleine vom Gedanken, zum Fleischhacker hinuntergehen zu müssen, graust mir, Kreisky. Nur deinetwegen geh ich hinunter, dass du es weißt, sag ich. Deinetwegen und wegen der Kuttelfleck, die du so gerne frisst, nur deswegen, wirklich wahr.«

Die Rechnung, sich einen Hund zuzulegen, ist für den Norbert perfekt aufgegangen, wie man so schön sagt. Nur die Anschaffung des Kreisky, da ist sich der Herr Norbert sicher, hat ihm das Überleben als Zugereister in Wien überhaupt erst möglich gemacht. Der Hundebesitz ist ein überall in Wien anerkanntes Zugeständnis an die Assimilation. Als öffentliche Zurschaustellung des Kulturrespekts. Die Integration gilt nur dann als gelungen, wenn die Auswärtigen freiwillig in die Hundescheiße steigen. Zusätzlich zum Hundebonus ist beim Hudin, wie der Fleischhacker mit den guten Kuttelfleck heißt, das Aussehen des Herrn Norbert dazugekommen. War der Kopf des Norbert als Kind ein Segen, war er später als junger und noch später als fertiger Erwachsener ein Fluch. JEDE MEDAILLE HAT ZWEI SEITEN, wie die Mutter immer gesagt hat. Das niedliche Kindchenschema des kleinen Norbert hat sich beim erwachsenen zum *Deppenmagnetschema*, wie er es nennt, ausgewachsen. »Schau doch nur, wie ich ausschaue, Kreisky. Dieser kugelförmige Kopf. Die dicke kurze Nase. Die kleinen abstehenden Ohren. Die eng zusammenstehenden Mongoloidenaugen. Der Lochmund mit den dünnen Lippen. Der viereckige Oberköper. Die kurzen Arme. Die Wurstfinger an den fleischigen Händen und die kurzen Beine: Alles Leitenbauer! Der Leitenbauer ist nicht nur *in* mir, Kreisky, sag ich zu ihm, nein, er ist mir übergestülpt. Seine Hülle an meinem Körper und speziell seine Fresse wie eine Perchtenmaske lebenslang an meinem Kopf angeschweißt. Ich habe die genau gleiche Fresse wie der Leitenbauer, wirklich wahr. Oder etwa nicht, Kreisky?«, sagt der Herr Norbert. Dieses naive, gutmütige Aussehen ist dem Norbert, wie gesagt, als Kind noch zugutegekommen. Ist er von den Leuten manchmal sogar gut behandelt worden. Hat kleine Geschenke von ihnen erhalten, wie die Äpfel vom Wagenbauer, ein Zuckerl vom Trafikanten oder ein Kracherl vom Burgwart zum Beispiel. Ist ihm dabei freundschaftlich der Kopf getätschelt worden. Bis auf einmal seine Extremitäten zu wachsen anfingen, in einem unpassenden Verhältnis zu seinem Oberkörper und Kopf. Auf einmal ist er von denen, die freundlich gewesen sind, ignoriert, von denen er ignoriert worden ist, verachtet, und von den Deppen, die keiner hat leiden können, verfolgt worden. Durch die Aufdringlichkeit der Deppen, von dem sich auswachsenden *Deppenmagnetschema* in seinem Gesicht wie magisch angezogen, ist dem Norbert bald schon jedes Zuvorkommen und jede grundlose, aber trotzdem gut gemeinte Freundlichkeit anderer Menschen suspekt vorgekommen. Hat er eine Hinterlist, eine Gemeinheit oder Verschwörung gegen seine Person dahinter vermutet. Jede Freundlichkeit ist für den Norbert nur eine Tarnung für die folgende Gehässigkeit oder Gewaltanwendung gegen ihn gewesen. Bald schon bewegte er sich nur noch in gebückter Haltung, mit gesenktem Kopf und Blick in der Öffentlichkeit. Die Deppenmagnetfunktion seines Gesichts konnte der Norbert nie abstellen. Hatte sich im Gegenteil immer mehr verstärkt und war beim erwachsenen Herrn Norbert wirkungsvoller als je zuvor. Das naive Aussehen des Leitenbauer, das die Sommerfrischler dazu verleitet hatte, ihn als ein *Original* und als bauernschlau zu bezeichnen, war eins zu eins auf den Norbert übertragen worden. Dabei war die Bauernschläue des Leitenbauer vom Norbert am meisten verachtet worden. Weil was landläufig als Bauernschläue bezeichnet wird, war beim Leitenbauer nichts weiter als eine Charakterschweinigkeit, die nur darauf abzielte, den anderen *hineinzureiten* und seinen eigenen Vorteil daraus zu ziehen. Im Gegensatz zum Leitenbauer konnte der

Norbert aus seinem zutraulichen Gesicht nie einen Vorteil ziehen. Der Norbert hat immer nur die anderen dazu gebracht sich besser zu fühlen. »Nie hat die Mutter mehr unrecht gehabt als mit dem Spruch DIE AUSNAHME BESTÄTIGT DIE REGEL. Den hat sie immer dann gesagt, wenn sie wieder ausgerichtet worden ist von den anderen. Sich eingeredet hat, dass die wenigen Schlechten viele Gute voraussetzen würden. In Wirklichkeit bestätigt nicht die Ausnahme die Regel, Kreisky, sondern sie *ist* die Regel, ob du es glaubst oder nicht, wirklich wahr. Der Hudin ist da ja das beste Beispiel dafür, oder? Wenn ich an dem sein Pappendeckelgesicht denke, graust mir, Kreisky, sag ich zu ihm. Dieselbe beige Fresse hängt noch dazu in einer ausgebleichten und überlebensgroßen Kopie von einem Zeitungsausschnitt an der Wand. Darunter steht: *Das hättest Du Dir nicht gedacht, dass Du heute aus der Zeitung lachst,* was eine Geburtstagsüberraschung seiner Frau einmal gewesen ist, die er schon längst eingegraben hat, wie er immer sagt, Kreisky, nicht wahr? Freilich habe ich noch nie etwas Negatives zu ihm gesagt, sondern bin immer freundlich. Lasse es über mich ergehen, bis er das Interesse verliert und mich ignoriert, nachdem er mit mir fertig ist. Kaum sieht er mich, geht es schon los. Rieche ich die Mischung aus Kuttelfleck, Zigarettenrauch und Cognac herüberwehen, während er hektisch eine geselchte Schweinsschulter zu Teilsamem zerhackt, bin ich schon erledigt, Kreisky«, sagt der Herr Norbert. Das *Deppenmagnetschema* im Gesicht des Herrn Norbert, in Kombination mit seinem Hund, der zusätzlich noch nach Bruno Kreisky benannt ist, dessen kompromissloser Anhänger der Fleischhacker Hudin wegen der fünf Wochen Urlaub im Jahr über dessen Tod hinaus ist, hat ihn (Herrn Norbert) zu einem optimalen Opfer für diesen (Hudin) gemacht. Betritt der Herr Norbert das Fleischhauergeschäft des Herrn Hudin, fängt dessen Mund sofort ununterbrochen in seine Richtung zu reden an.

Ich mein, alleine wie die schon daherkommen … seien wir uns ehrlich, normal ist das nicht … sicher … was ist schon normal … aber irgendwo muss man schon sagen, da und da ist die Grenze, oder? Geh die Straße runter und schau dir die Geschäfte an … Du findest ja gar kein anderes mehr … natürlich sind sie freundlich … zugegeben … da gibt es nichts auszusetzen und billig sind die, da kann man gar nichts sagen … ich gehe ja auch dort hin … muss denen ja nicht gleich die Hand geben … auf was hinauf, dafür bezahl ich ja … krieg ja auch nichts geschenkt, im Gegenteil … die Kekse und die Kuchen, die sie mir geben oft, kann man nicht zählen … die esse ich eh nicht, man kann ja nie wissen … nehmen tu ich sie schon, logisch, da sind die heikel … weiß man ja nie, woran man ist bei denen … dieses Lächeln die ganze Zeit … direkt gefrotzelt kommt man sich da vor manchmal, nicht wahr? Ich mein, unsereins hat's auch nicht mehr so … sperren ja alle zu … nur die sperren ein Geschäft nach dem anderen auf, wie das geht, frag ich mich … sicher … unsereins kriegt ja nicht die ganzen Förderungen, da schauen die da oben schon drauf, dass das nicht passiert, nicht? … das Gewand erst … muss das sein? Im Sommer auch? Also wirklich … da möchte ich nicht dabei sein wenn die … riechst du eh gleich wenn du in so ein Geschäft reingehst, oder? Riechen halt einmal anders als wir … ist so … können einem leidtun die Frauen … keine Rechte haben die … ich mein, von mir aus müssen sie eh nicht … wenn du mich fragst … wissen halt noch, wo es langgeht in der Familie mit der Hausarbeit, den Kindern und so weiter … die Unsrigen wollen ja unbedingt arbeiten gehen nach einem halben Jahr … für was brauch ich da überhaupt Kinder, ehrlich jetzt … sitzen den ganzen Tag vor dem Fernseher und Computer … verfetten und vertrotteln … fette und vertrottelte Kinder haben wir deswegen … unsereins ist noch raus und auf die Bäume seinerzeit … haben ja nichts gehabt … Hunger haben wir gehabt, das schon, dafür sind wir nicht so verweichlicht gewesen … respektlos, was denn sonst … sie schlagen ihre Kinder, heißt es … wegen einer Dachtel … verdienterweise natürlich nur … vertrottelte Kinder ohne Respekt … kommen raus aus den Schulen und werden fette, vertrottelte Erwachsene … was denn sonst … unsere Pensionen zahlen? Scheißen gehen werden wir können einmal, das sag ich dir … keiner kann mehr was … geh in ein Geschäft … lauter Trottel stehen herum in den Geschäften … Kopfrechnen? Kannst du vergessen … haben noch Kopfrechnen müssen seinerzeit … Turmrechnungen hinaufmultiplizieren und wieder hinunterdividieren … bis zur Vergasung … kein Wunder, dass die Wirtschaft zerkracht ist heutzutage … verfettete Trottel … ist ja kein Wunder, oder? Haben ja auch nichts anderes gelernt, nicht wahr? Blechen tun eh wir, oder etwa nicht? Ist es nicht so? Tuscht sowieso bald wieder … immer so gewesen … brauchst du nur in der Geschichte nachschauen … will ja nichts verschreien … bitte, mich fragt ja sowieso keiner … kannst außerdem eh nichts ändern … ist, wie es ist, nicht wahr? Geht alles wieder von vorne los … zusammenhauen und aufbauen … die einzige Lösung, die ihnen einfällt da oben … da oben ist ihnen noch nie was Anständiges eingefallen, oder? Gehören alle einwaggoniert, wenn du weißt, was ich meine … mit wem willst du heutzutage so was machen? Geh bitte … kannst du vergessen … dorthin, wo es ihnen besser geht … ins gemachte Nest … muss man halt anpacken, oder? Aber das will ja keiner von denen … die nicht … eine ruhige Kugel schieben, vom Staat einstecken und fertig … so ist das nämlich … und dann wundern, wenn man sie abschiebt … daheim ist es ja doch am schönsten, heißt es immer, oder? Sagen sie ja, wenn du sie fragst … auch wenn du sie nicht fragst, sagen sie es dir … drücken es dir *hinein* … schwärmen die ganze Zeit von der Heimat und wie schön es dort ist und so weiter … na dann … ich mein … anpassen halt … Kuchen hin, Kekse her … wenn nicht, auf Wiederschaun … na sicher … mach du das bei denen … ruck, zuck bist du da weg vom Fenster … ich und Angst! Du vielleicht? Aber seien wir uns ehrlich und so weiter … wie soll das weitergehen? Ich mein … so nicht, oder? und so fort …

Als Deppenmagnet ist die Funktion des Herrn Norbert aufsaugen und schweigen. Nur dafür wird er ausgewählt und verwendet. Als Schwamm quasi. Die Verwandlung vom anfangs nur äußerlichen Deppenmagneten bis hin zum inneren war schleichend, aber letzten Endes unausweichlich. Hatte sich der Norbert anfangs aus Mitleid zum Zuhören hinreißen, über das normale Maß hinaus voll- und zu*schwafeln* lassen, aus einem sozialen und menschlichen Anstand heraus, dem ihm die Mutter in ihrem Menschenoptimismus eingetrichtert hatte, war mit der Zeit ein unsteuerbarer Automatismus daraus geworden, der es ihm unmöglich machte, sich dem über ihm entleerenden Deppen zu entziehen.

»Ein Deppenmagnet bist du lebenslänglich, Kreisky. Nichts ist unveränderbarer als ein Deppenmagnet zu sein. Zuerst machst du es nur aus Höflichkeit, dann kannst du nicht mehr anders auf einmal. Sie kommen und sudern und jammern dich an und du hörst zu Kreisky, sag ich zu ihm. DAS ERSTE, DAS SIE IN DER BAUERNAKADEMIE LERNEN, IST DAS SUDERN, hat die Mutter immer gesagt. Sudern, Jammern und Schlechtreden sind die Grundlagen, die ein Bauer lernt und die als ungeschriebene Überlebensregeln jeder Bauer kennt. Und nicht dass du glaubst nur die Bauern, Kreisky. Die Suderer suchen und jagen ihre Deppenmagnete so lange, bis sie sie gefunden und gefangen haben, wirklich wahr«, sagt der Herr Norbert. Dieses Gesudere und Gejammere müssen die Deppenmagnete über sich ergehen lassen. Oft über Jahrzehnte beziehungsweise ein ganzes Leben lang sind sie dem Leidensdurchfall der Deppen ausgeliefert. Die Täter misten sich aus und stopfen ihr Opfer damit voll, das schließlich daran zugrunde geht und als tragisches Unglück endet. Was so viel heißt wie im Irrenhaus oder, wie in Pichlberg so beliebt, auf den Zuggeleisen. BALD KANNST DU DEN GRÜNEN HEINRICH HOLEN oder BALD KOMME ICH NACH PUNTIGAM LINKS, hat die Mutter immer gesagt. Womit sie die psychiatrischen Ärzte beziehungsweise die Sigmund-Freud-Klinik in Graz meinte, die bei den

Leuten als grüner Heinrich und Puntigam links verniedlicht und lächerlich gemacht wurden, aus dem einzigen Grund, weil sie eine Todesangst vor ihnen hatten und es außerdem keine größere Schande gab, als bei den anderen Leuten als *hirnkrank* zu gelten. Darum wurde der Selbstmord selbstverständlich der Einlieferung nach Puntigam links durch den grünen Heinrich vorgezogen. Der Norbert war jedenfalls am Land und selbstverständlich auch in der Stadt immer wieder Opfer seines *Deppenmagnetschemas* geworden. War weder von den Landmenschen noch von den Stadtmenschen, von denen er aufgrund der seinerzeitigen Freundlichkeit der Sommerfrischler geglaubt hat, dass sie die besseren seien, verschont geblieben. Genauso wie sie früher in den europäischen Wildwestfilmen nur weiße Schauspieler engagierten und diese Schauspieler im Gesicht mit schwarzer, roter oder gelber Farbe anmalten, je nachdem ob sie einen Neger, einen Indianer oder einen Chinesen spielten, so war auch die Freundlichkeit bei den Leuten nur aufgepinselt.

»Der Leitenbauer und der Hudin sind überall und in jedem. Ein jeder Deppenmagnet wird von seinem eigenen Leitenbauer und seinem eigenen Hudin entdeckt und missbraucht. Schon als Kind ist das so, Kreisky. ES IST WIE EIN KAMPF GEGEN WINDMÜHLEN, hat die Mutter immer gesagt. Und nicht nur, dass du gegen sie kämpfst, nein, sag ich, du baust sie dir sogar noch selbst auf. Du allein, sonst niemand, Kreisky... Mühlen bauen, dein Leben lang, wirklich wahr«, sagt der Herr Norbert.

Wie es die Mutter am Bahnhof von Pichlberg dem Norbert prophezeit hatte, konnte man den Erzieher des Arnautovič Kinderheims, der ihn am Wiener Südbahnhof abholen sollte, wirklich nicht übersehen. Der Erzieher sah aus wie ein Kasten auf drei Beinen. So wurde er auch, wie die Älteren es dem Norbert kurz nach seiner Ankunft beigebracht hatten, von allen Kindern und Jugendlichen des Arnautovič Kinderheims genannt: Transistor. Und zwar aus dem Grund, weil er nur mehr ein Bein hatte und auf Krücken gehen musste. Als der Norbert aus dem Zug ausstieg, mit besagten schlotternden Knien und von Übelkeit hervorgerufenem bleichen Gesicht, sah er den Guritsch, wie er wirklich hieß, sofort. Wie ein Fettfleck auf einem weißen Tischtuch stach er auf dem überfüllten Bahnsteig heraus. Damit er beide Hände frei hatte, klemmte er sich den Griff seiner Krücke unter das Becken, wo das Hosenbein über dem abgeschnittenen und somit nicht mehr vorhandenen Oberschenkel glatt gebügelt und fein säuberlich übergestülpt und mit einer Sicherheitsnadel auf der Seite befestigt war. In seiner linken Hand hielt er ein Schild mit der Aufschrift *Arnautovič Kinderheim*, die in einer kindlichen Handschrift mit schmutzigen Wasserfarben auf den Pappendeckel hingeschmiert war. Mit seiner Rechten presste er sich ein knallrotes Megafon an den Mund, aus dem krächzend und quietschend die Worte *Arnautovič Kinderheim flott hier sammeln* herauskamen. »Mein Lebtag habe ich immer einen monströsen Menschen im Genick gehabt, ein Monster. *Anatomie des Menschen,* ist in meinem Biologiebuch in der Volksschule in dicken Blockbuchstaben gestanden. Ich kann mich erinnern, als ob es gestern gewesen wäre, Kreisky. Unter dieser Überschrift waren lauter Bilder. Die waren mit *die europäische*, *die asiatische*, *die afrikanische, die mongolische* und die *indigene Rasse* betitelt. Nur die Fressen, mit denen ich mein Lebtag zu tun gehabt habe, waren nicht dabei. Über die Leitenbauerische, Hudinische und Guritsche Kopfform ist kein einziges Wort verloren worden in diesem Biologiebuch. Was aber eigentlich sowieso egal ist, Kreisky, nicht? Selten oder nie ist man ja innerlich das, was man äußerlich darstellt. Und oft oder immer ist man vom Äußerlichen *ge*täuscht und vom Inneren dann umso mehr *ent*täuscht. Drum ist ihnen hier in Wien zum Beispiel auch ein jeder Hund lieber als der nächste Mensch oder die eigene Verwandtschaft. Das weißt du ja selbst aus eigener Erfahrung am besten, Kreisky, sag ich zu ihm, oder etwa nicht?«

Der Guritsch hatte vom vielen Einsammelgeschrei schon einen ganz roten Kopf, der sich bereits an die Farbe des Megafons annäherte und aufgrund seiner Haarlosigkeit von Weitem ausschaute, als wäre ihm eine Trompete an das Gesicht genagelt. Um ihn herum war es schon zu einer Zwergenansammlung gekommen, in die sich der Norbert quasi nahtlos eingefügt und gleichzeitig seinem für ihn bestimmten Schicksal ergeben hatte. Mitten am Bahnsteig des Wiener Südbahnhofs roch es nach Kuh- und Schweinestall. Als wäre die Zwergenansammlung ein Ausflug der Landjugend in die Hauptstadt gewesen, nur dass bei diesem Ausflug kein Einziger wieder nach Hause kommen würde.

Den Geruch in dem für den zivilen Straßenverkehr umgebauten, leitenbauermercedesbraunen 680'er Steyr Diesel wird der Herr Norbert nie vergessen. Diesen und den Geruch von lauwarmer Wurst, der aus den verschiedenen Rucksäcken der auf den Holzpritschen sitzenden Kinder herauskam. Fest umklammert hielten sie ihre Rucksäcke mit beiden Armen, als müssten sie die ungegessene Jause vor Diebstahl schützen. Es wurde nicht geredet. Der Guritsch knallte die Heckklappe zu und verriegelte mit einem schabenden Geräusch das Schloss und somit die Vergangenheit jedes Einzelnen. Jetzt konnte man die Ersten hören, wie sie verkrampft ihre Tränen und den Rotz hinunterschluckten, damit ihr Weinen keiner mitkriegte. Aber es kriegten natürlich alle mit. Besonders bei demjenigen, der sich neben dem Norbert hingesetzt hatte, der sich *nur* neben dem Norbert hatte hinsetzen können. Sich aufgrund des Norbert'schen Deppenmagnetismus konsequenterweise neben ihn hatte hinsetzen müssen! Es war ein polnisches Flüchtlingskind mit argem Mundgeruch, weil es verfaulte, eitrige Backenzähne hatte und schlechtes, stammelndes Deutsch sprach. Ein doppelt Unerwünschter unter den unerwünschten Weggegebenen, und sicherlich einer von der Familie, die ihn weggeben hatte, ab dem Zeitpunkt des Abschieds mehr oder weniger gewollt, Vergessener. »Gleich von Anfang an hab ich gewusst, dass ich den loswerden muss, Kreisky. In der lauwarmen Wurstluft, in der uns allen unsere Unerwünschtheit so richtig bewusst geworden ist, habe ich auf einmal gewusst, dass wir alle Opfer sind. Ohne zu wissen, was das überhaupt ist. Aber wenn du eines bist, dann spürst du es. Opfer bist du so wie du ein Deppenmagnet bist: Du kannst es dir leider Gottes nicht aussuchen, Kreisky, wirklich wahr«, sagt der Herr Norbert.

Von dem Moment an, in dem er sich im 680'er Steyrer Diesel neben dem Norbert hinsetzte, wich er nicht mehr von seiner Seite. Bei der Zimmereinteilung pickte er neben ihm und legte sich auch gleich im Stockbett, in das sich der Norbert oben legte, unten hinein. Schon nach einer Woche konnte der Norbert ihn nicht mehr ertragen. Konnte es nicht mehr ertragen, das tägliche Hinüberweinen in seinen Schlaf verbunden mit dem rhythmischen Aufziehen seines Rotzes in die ständig rinnende Nase, das Gejammere über die Schmerzen und das Gesudere über die Weggabe, als wäre er der Einzige, der weggegeben worden war, und die langweiligen Geschichten, die nur Tragödien mit bitterem Ende waren. Darum stieg der Norbert auch, nachdem der polnische Suderant unter ihm endlich eingeschlafen war, von seinem Bett hinunter und brunzte ihm auf seine Tuchent. Gleich nachdem sie der Erzieher am nächsten Morgen geweckt hatte, indem er die bleichen Leuchtstofflampen eingeschaltet und mit einer Trillerpfeife in das Zimmer hineingepfiffen hatte, sprang der Norbert von seinem Bett, deutete auf den unter sich und schrie: Das Schwein hat sich angebrunzt! Das machte der Norbert vier Tage hintereinander. Am fünften Tag, nach dem Mittagessen, kam der Guritsch mit zwei Erziehern in das Zimmer. Sie öffneten den Spind, räumten die Sachen raus und packten sie in eine alte rotweiß gestreifte Sporttasche, während er unter dem Norbert in seinem Bett lag, einen Polster auf sein Gesicht gepresst, heulte und unverständliche Worte stammelte. Dann, nachdem er dem Norbert die

Hand geschüttelt hatte, fuhren sie ihn weg. »Die Gemeinheit ist die einzige Möglichkeit um zu überleben. Je hinterfotziger die Gemeinheiten sind, die du dir ausdenkst, umso weiter kommst du im Leben, Kreisky, wirklich wahr.« Trotz der gemeinen Lebensbedingungen im Arnautovič Kinderheim der Stadt Wien hat die Mutter mit ihrem Spruch UND WENN DU GLAUBST ES GEHT NICHT MEHR, KOMMT VON IRGENDWO EIN LICHTLEIN HER, ausnahmsweise einmal recht gehabt.

Obwohl Direktor, ließ es sich der Guritsch nicht nehmen, die Kinder in der Früh selbst, und wenn notwendig, *eigenhändig*, aufzuwecken. »Das Aufwecken hat dem Guritsch neben der Überwachung der Essensausgabe am meisten getaugt. Ist es die größte Leidenschaft vom Guritsch gewesen. Auf, auf, ihr müden Hasen, hört ihr nicht die Jäger blasen, und, heraus aus der Hapfen, hinein in die Schlapfen, hat er jeden Morgen pünktlich um sechs Uhr geschrien und die Türen der Schlafräume aufgerissen. Mit einer Trillerpfeife hat er zusätzlich in die Schlafräume hineingepfiffen um uns ja sicher aufzuwecken. Als ob es möglich gewesen wäre, bei so einem Krawall weiterzuschlafen, Kreisky, wirklich wahr.« GOTT GIBT UNS DIE NÜSSE, ABER ER KNACKT SIE NICHT AUF, hat die Mutter immer gesagt, was sie vom Pfarrer Probodnig übernommen hatte, der diesen Spruch auch zum Norbert oft gesagt hat, im Religionsunterricht seinerzeit. Musste der Guritsch ein zweites Mal in ein Zimmer kommen, weil sein Weckruf nicht gereicht hatte und einer trotzdem liegen geblieben war, aus Renitenz, wie der Guritsch dann gesagt hat, wurde derjenige samt Matratze aus dem Stockbett hinausgeschmissen. Mit einer Krücke stocherte der Guritsch in dem am Boden Liegenden herum, klopfte ihm mit dem abgewetzten Gumminoppen der Krücke auf den Kopf. Flott, flott, die Essensausgabe beginnt gleich, munterte er ihn dabei auf und verließ den Schlafraum in Richtung Speisesaal, mit einem fröhlichen Lied auf den Lippen, was meistens *Froh zu sein bedarf es wenig, denn wer froh ist, ist ein König* war. Pünktlich um sieben Uhr mussten alle im Speisesaal auf ihren nummerierten Tischen und somit auf ihren zugewiesenen Plätzen nicht schwätzend sitzen. Vorne, neben der Essensausgabe, hatte sich der Guritsch positioniert. In seinen Händen hielt er bereits besagtes Megafon und brüllte seine Anweisungen zur korrekten Essensabholung hinein. Tischnummer für Tischnummer und Sitzplatz für Sitzplatz mussten die Kinder ihr Essen, im Uhrzeigersinn und im Kreis gehend, von der Essensausgabe entgegennehmen. Zweiundvierzig!, schrie er zum Beispiel, zweiundvierzig Tee!, oder einundfünfzig Wurstplatte!, oder achtunddreißig Topfengolatschen! Ging einer nicht wie von ihm angewiesen im Uhrzeigersinn und somit um die gesamten Tische herum, sondern direkt den geraden und logischerweise kürzeren Weg, weil er in der ersten Reihe direkt vor der Essensausgabe gesessen war, schrie der Guritsch: Ein U-Boot, Hilfe, ein U-Boot!, und sortierte den Verbrecher sofort aus, indem er ihn mit seiner Krücke von der Essensausgabe wegstieß und aus dem Speisesaal mit ständigem Hineingestochere in dessen Oberkörper hinausbeförderte und ihn den Rest des Tages vom Essen ausschloss. Die Rosemarie lernte der Norbert nur deshalb kennen, weil er durch die mathematische Konsequenz des Guritschen Essensausgaberituals jeden Tag zur gleichen Minute und an der gleichen Stelle und somit immer von der Rosemarie, die ihrer Mutter bei der Essensausgabe half, sein Frühstück ausgehändigt bekam. Bald schon trafen sie sich regelmäßig heimlich an den Freitagen abends. »In der völligen Finsternis des Zimmers bin ich am Rücken gelegen und habe gewartet, Kreisky. Jeden Freitag war das so. Habe den Schlafgeräuschen meiner Zimmerkameraden zugehört. Der unter mir hat nach jedem dritten Atemzug gegurrt wie eine Taube. Das Fenster war immer geschlossen wegen der mutmaßlichen Fluchtgefahr. Nach einer Stunde war man fast betäubt in dem Sechsbettzimmer. Besonders wenn es Szegediner Gulasch gegeben hat, und es hat ziemlich oft Szegediner Gulasch gegeben«, sagt der Herr Norbert. Die gleichmäßigen Geräusche wurden manchmal durch ein kurzes Wimmern oder das Fauchen eines Furzes unterbrochen. Er schwitzte, weil er die Decke bis zum Kinn hochgezogen und darunter sein Gewand anhatte, außer den Socken. Er kletterte vom Stockbett runter, das Eisenrohr an seinen Fußballen war angenehm kühl. Am Freitag war die Mutter von der Rosemarie immer aus. Traf sich mit ihrer Schwester zum Kartenspielen. Die kleine Schwester der Rosemarie schlief schon, wenn sich die Rosemarie auf den Weg machte. Murrte die Kleine, tätschelte ihr die Rosemarie den Kopf und flüsterte ihr ein Schlaflied ins Ohr. *Maikäfer flieg, der Vater ist im Krieg* und so weiter. Die Kleine schlief wieder ein und die Rosemarie schlich aus der Wohnung. Beim Norbert war das schon schwieriger. Er ging aus dem Zimmer, wenn der diensthabende Erzieher den letzten Kontrollgang hinter sich hatte. Das Erzieherzimmer hatte ein Fenster. Er sah den Erzieher vor dem Fernseher sitzen, die Hose aufgeknöpft, die rechte Hand wühlte darin herum. Die linke hielt mit ausgestrecktem Arm die Fernbedienung, auf die er regelmäßig draufdrückte. Daneben stand ein Doppler Wein, und im Aschenbecher verrauchte eine Zigarette. Er drückte sich an die Wand und schlich am Fenster vorbei, schloss vorsichtig hinter sich die Brandschutztür und ging runter zum Speisesaal. Der Schacht für die Erdäpfel war immer offen. Im Speisesaal brummten und surrten die elektrischen Geräte. Er schob den Rollladen hoch und kletterte über die Theke der Essensausgabe, schloss ihn wieder auf der anderen Seite. Er musste immer aufpassen, keinen der großen Töpfe umzuschmeißen. Die Töpfe rochen komisch. Das Essen roch auch immer komisch. Er kletterte den Erdäpfelschacht hoch und drückte das Gitter auf. Die Nacht war frisch. Es brauchte ein paar Atemzüge, bis die Luft mit dem schlechten Geruch aus seinen Lungen verschwunden war. Die Rosemarie lief das Stiegenhaus hinunter und nahm zwei Stufen auf einmal. Sie war spät dran. Sie war immer spät dran. In der Straßenbahn beachtete sie nie jemand. Das ist das Gute in Wien. Es gibt kein Interesse an Kindern, dazu müsste man ein Hund sein. Die Haut vom Norbert war durch den Schweiß und die frische Luft schnell ausgekühlt. Er ging neben der Praterallee entlang, im Dunkeln. Kam ihm jemand entgegen, senkte er den Kopf und schaute in den Boden hinein. Im hellen Licht des Praters wurde er sowieso unsichtbar. Er stellte sich neben den großen Calafati Chineser und wartete. Er war nie spät. Sie stieg aus der Straßenbahn, ging am Riesenrad vorbei und tauchte in das Licht ein. Sie sah ihn meistens schon neben dem Calafati stehen und schlich sich von hinten an. Er hatte die besagte knielange Trachtenlederhose an, nur wegen ihr. Sie trug das rote Kleid mit den aufgestickten Gänseblümchen, das ihm so gefiel. Sie legte ihm von hinten die Hände über die Augen und lachte. »Noch heute sind mir die Freitage die liebsten Tage. Die ganze Woche war es finster und am Freitag ist es hell geworden. Die ganze Woche war mir schlecht und am Freitag war mir nicht mehr schlecht. Die ganze Woche habe ich kein einziges Mal gelacht, weil es nichts zu lachen gab, und am Freitag habe ich herzhaft gelacht, wirklich wahr, Kreisky, sag ich zu ihm«. Der Rosemarie waren die Freitage auch am liebsten. Am allerliebsten aber waren ihr die ersten Freitage im Monat. Jeder erste Freitag im Monat war nämlich Besuchstag. Die Rosemarie wurde von ihrer Mutter diesem Anlass entsprechend hergerichtet und ausgehfertig gemacht. Dieses Ausgehfertigmachen durch die Mutter ist jedes Mal ein Graus gewesen für die Rosemarie. Ist sie vom Mädchen zur Frau umgestaltet worden von ihr. Zum kleinen Fräulein, wie man so schön sagt. Grüß Gott, mein kleines Fräulein, hat die Mutter gesagt, zufrieden, weil ihr die Umgestaltung so gut gelungen ist. Sie aus dem Kind eine kleine Erwachsene gemacht hat, vom Ausschauen her jetzt. An den Besuchstagen musste die Rosemarie erwachsen ausschauen, das war die Meinung der Mutter. Auch weil die Schwester der Rosemarie noch zu klein war, als dass man sie als Erwachsene hätte herrichten können. Bist du schon ausgehfertig, und hast du dich schon ausgehfertig gemacht, waren die meistgehörten Sätze der Rosemarie an den Besuchstagen. An diesen Tagen weckte die Mutter die Rosemarie und die Kleine besonders zeitig auf. Einerseits, weil die Verwandlung der Rosemarie vom Kind zur kleinen Erwachsenen ihre Zeit brauchte und sie sich dagegen sträubte natürlich, andererseits, weil bei der Kleinen alles immer besonders lange dauerte. Saß die Rosemarie schon fertig hergerichtet am Küchentisch, in einem roten Kleid mit weißen Punkten zum Beispiel, die Haare zu zwei Schwänzen gebunden, die ihr seitlich vom Kopf steif wegstanden, weil sie die Mutter so fest zusammengezurrt hatte, hatte die Kleine noch nicht einmal von ihrem Marmeladebrot abgebissen oder den Kakao angerührt. Die Wartezeit verkürzte sich die Rosemarie durch das Ablecken ihres Zeigefingers, den sie vorher in das Glas Preiselbeermarmelade hineingesteckt hatte. Wenn es um Preiselbeermarmelade ging, gab es kein Halten mehr bei der Rosemarie. Aus dem Bad hörte sie das Klappern von Stöckelschuhen und das Zischen der Haarspraydose, mit deren klebrigem Inhalt sich die Mutter ihre Haare gerade zu einem Turm auftoupierte. In dem auf dem Küchentisch stehenden Aschenbecher verrauchte derweil ihre Zigarette, von der sie ab und zu, vom Bad in die Küche pendelnd, einen Lungenzug nahm. Mit spitzen Lippen, zusammengezwickten Augen und gespreizten Fingern nahm sie die Zigarette in die Hand und zog daran, den Rauch danach seitlich nach hinten wegblasend, mit einem Gesicht, als würde sie in eine Zitrone beißen. Als könnte sie damit ihre Kinder vor den mutmaßlichen negativen Einflüssen des Tabakrauchs bewahren. Steckte nach dem Lungenzug die Zigarette, die jetzt einen roten Filter hatte, in den Aschenbecher zurück und stöckelte wieder ins Bad und so weiter, und so fort. Der Grund für das Pendeln zwischen Bad und Küche war der explosionsgefährdete Inhalt der Haarspraydose. Die Mutter hatte Angst davor, sich durch eine von der Zigarette ausgelösten Explosion der Haarspraydose nicht nur die Frisur, sondern auch das Gesicht zu zerstören. Nicht nur die Rosemarie, auch die Mutter schaute an den Besuchstagen völlig anders aus als an den gewöhnlichen Tagen. Trug sie sonst weite braune Hosen und flache Halbschuhe, band ihre Haare hinten zu einem Pferdeschwanz zusammen, war sie nach dem Ausgehfertigmachen ein quasi neuer Mensch. Mit Stöckelschuhen, kurzem Rock, einer Bluse mit tiefem Ausschnitt, Make-up und der aufgesprühten Turmfrisur, schaute sie nicht mehr wie eine Hausfrau und Köchin aus. An jedem ihrer Finger steckte ein Ring und am Ringfinger der rechten Hand der Ehering, den sie auch nur an den Besuchstagen trug.

Als sie aus dem Badezimmer herauskam und sah, dass die Rosemarie mit der Preiselbeermarmelade ihr Gesicht und das Gesicht der kleinen Schwester vollgeschmiert hatte, fuhr ein Schrei aus ihr heraus, der die Kinder so zusammenzucken ließ, dass die ganze Preiselbeermarmelade auf dem Kleid der Rosemarie landete. In ihrer Hektik schlug die Mutter der Rosemarie mit ihrer beringten Hand mehrere Male ins Gesicht, weil sie sowieso schon spät dran waren. Wegen der Zahnregulierung der Rosemarie machten die Schläge ein schepperndes Geräusch in ihrem Mund. Die Rosemarie trafen die Schläge der Mutter aber nicht so, wie man es sich wünscht, wenn man seine Kinder schlägt. Weil der Mutter aufgrund des Drucks, unter dem sie ihrer Meinung nach immer stand, regelmäßig die Hand ausgekommen ist, wie sie es bezeichnet hat, machten die Schläge der Rosemarie nicht mehr so viel aus. Die kleine Schwester konnte die Schläge überhaupt nicht vertragen. Brauchte sie für das Frühstück sowieso schon lange, ging nach so einem Zwischenfall überhaupt nichts mehr bei ihr. War sie quasi eingefroren. Hielt ihr erst einmal angebissenes Marmeladebrot in der Hand und saß mit offenem Mund da. Ihr Blick aus den kleinen mandelförmigen Augen, die zu nah nebeneinander standen, wanderte von der Rosemarie über die Mutter zum Preiselbeermarmeladeglas und von dort zum angebissenen Brot, wo er hängen blieb, während ihr die Mutter, gleichzeitig die Rosemarie ausschimpfend, mit einem Wettex die Preiselbeermarmelade aus dem Gesicht wischte. Danach musste die Mutter die Rosemarie noch einmal ausgehfertig machen, allerdings ohne Grüß Gott, mein kleines Fräulein zu ihr zu sagen. Die Rosemarie setzte ihre noch immer eingefrorene Schwester in den Kinderwagen und sie verließen mit der Mutter die Wohnung. Schluckte quasi ihre Wut hinunter, mitsamt der blechern schmeckenden Flüssigkeit, die sich in ihrem Mund gesammelt hatte, von der aufgeplatzten Innenseite ihrer Oberlippe. Zeigte ihre Wut der Mutter zu Fleiß nicht. Weil die Mutter kein Auto und keinen Führerschein je hatte, mussten sie jedes Mal mit dem Bus fahren an den Besuchstagen. Die Rosemarie stand mit verschränkten Armen und gespreizten Beinen neben dem Kinderwagen und drückte abwechselnd ihre herausgestreckte Zunge und die Stirn gegen die Scheibe. Traute sich das nur deshalb, weil sie wusste, dass ihr die Mutter in der Öffentlichkeit des Autobusses nicht ins Gesicht schlagen würde. Die Kleine hatte den Schock des Verlustes ihres erst einmal angebissenen Marmeladebrotes und den Tumult um die Rosemarie noch nicht verkraftet und stöhnte deswegen laut die ganze Zeit. Die Rosemarie hatte beide Hände unter ihr Kleid geschoben und vorne in die Unterhose gesteckt. Kratzte sich zwischen den Beinen, weil die neue Unterhose, für die ihr die Mutter einen Spitzenrand gehäkelt hatte, zwar herzig ausschaute, aber wegen der Spitzen auf der weichen Haut der Schamlippen juckte als wie. Sie schon ganz rot und aufgewetzt deswegen war. Wirst du die Hände da rausnehmen, hat die Mutter zur Rosemarie gesagt und sie an ihren Handgelenken gepackt. Hat sie an den Handgelenken festgehalten, wie es die Mütter tun, wenn sie mit ihren Kindern über die Straße gehen. Die Kinder über die Straße *schleifen*, weil sie nicht nachkommen mit ihren kurzen Beinen, die Mütter aber über die Straße *rennen*. Habe ich dir nicht schon hundertmal gesagt, du sollst dir die Hände nicht da unten hineinstecken, hat die Mutter gesagt und die Rosemarie bei ihren Handgelenken und somit den ganzen Körper geschüttelt, dass sich die zusammengezurrten Zöpfe gelockert haben und ihr ein paar Strähnen ins Gesicht gefallen sind, die ihr die Mutter noch während des Schüttelns wieder zurück in die Zöpfe steckte. Die Kleine hatte aufgehört zu stöhnen und mit offenem Mund zugeschaut, wie die Rosemarie geschüttelt wurde. Hat abwechselnd auf die Rosemarie und eine tote Fliege geschaut, die zwischen dem Busfenster und der Gummidichtung eingeklemmt war. Das letzte Stück mussten sie zu Fuß gehen, weil es keine direkte Anbindung an die öffentlichen Verkehrsmittel gab. Bei schönem Wetter war das kein Problem. Der Rosemarie machte der Spaziergang Spaß, im Gegensatz zur Mutter, der jede unnötige Bewegung sinnlos vorkam. Die Erfindung von Personentransportmitteln machte die eigene Fortbewegung sinnlos ihrer Meinung nach. Im Frühling und im Herbst regnete es oft. Da zog die Mutter allen eine Regenpelerine an. Von allen Geschenken musste sich die Rosemarie beim Weltspartag diese Regenpelerine aussuchen. Wurde von ihrer Mutter jedes Mal dazu gezwungen, etwas Sinnvolles zu nehmen. Dabei wünschte sie sich etwas anderes, ein *Vier gewinnt* zum Beispiel, aber das kam der Mutter sinnlos vor, und sie musste die gelbe Regenpelerine nehmen, denn ein Sparschwein hatte sie schon, was auch sinnvoll war, wenn es nach der Mutter ging. Darum zog die Mutter bei Regen der Rosemarie die Regenpelerine, die sie hasste, mit Gewalt an. Wenn du nicht sofort diese Regenpelerine anziehst, sag ich es dem Vater, oder, na warte, das erzähle ich alles dem Vater, hat sie gesagt. Drohte immer mit dem Vater und dem Von-ihm-zusammengeschimpft-Werden. Dabei machte es der Rosemarie Spaß, im Regen zu gehen und zum Beispiel Regenwürmer zu sammeln. Der Mutter dagegen war es wichtig, dass ihr Kleid und ihr Kopf nicht nass wurden. Dass sie nicht mit den Ballerinahalbschuhen und den weißen Kniestrümpfen im Matsch herumtrampelte.

»Die Umgestaltung zum kleinen Fräulein hat für die Rosemarie nur Nachteile gehabt, Kreisky. Trotzdem hat sie sich schon auf den Vater gefreut, das hat sie mir jeden Freitag gesagt, die Rosemarie.«

Die Mutter hatte sich zusätzlich zur Regenpelerine eine durchsichtige Plastikhaube auf die Turmfrisur gesetzt und scheuchte die Rosemarie den Kinderwagen schiebend, der ebenfalls als Ganzes in eine gelbe Regenpelerine eingehüllt war, vor sich her. Regenschutz war etwas Sinnvolles, Regen und Regenwürmer etwas Sinnloses für die Mutter. Darum fuhr sie mit den Rädern des Kinderwagens alle Regenwürmer, die vor dem Ertrinken auf den Gehweg geflüchtet und ihr somit im Weg waren, tot. Hunderte Regenwürmer gingen der Rosemarie bei den Spaziergängen im Regen an den Besuchstagen im Laufe der Jahre verlustig dadurch. Die Kleine schlief unter der Regenpelerinenglocke wie in einem Brutkasten. Der einzige Vorteil der Regenpelerine war, dass sich die Rosemarie darunter die Schamlippen kratzen konnte und die Mutter nichts bemerkte davon. Neben dem Tor war die Gegensprechanlage. Aus dieser Gegensprechanlage kam nie auch nur ein Mucks heraus. Ein ausgebleichter Klingeltaster, der einmal irgendeine Farbe gehabt hatte, war darunter angebracht. Die Kleine durfte immer den Taster drücken. Wurde von der Mutter unter dem Regenpelerinenbrutkasten hervorgeholt und in Höhe der Gegensprechanlage hingehalten. Die Kleine streckte ihren Arm aus, und die Mutter drückte sie dagegen. Da lachte sie. Ja, Grüß Gott, sind wir auch wieder einmal da, hat der Beamte gesagt, der das Tor aufmachte. Sagte wir, meinte aber die drei. Der Beamte sagte immer das Gleiche nach der Toröffnung. Grüß Gott, mein kleines Fräulein, hat er zur Rosemarie gesagt. S'Gott, antwortete die und schaute dabei in den Boden. Ja, wem gehörst denn du, hat er die Kleine jedes Mal gefragt und sich in ihre Richtung gebückt, die Arme hinter dem Rücken verschränkt. Bückte sich wie man sich zu einem Hund bückt, der zwar herzig ausschaut, man aber fürchtet, er könnte beißen, wenn man ihm mit den Händen zu nahe kommt. Der Toröffner führte sie durch den Hof ins Gebäude zur Anmeldung. Hinter einer Glasscheibe saß der Anmeldebeamte. Ja, Grüß Gott, sind wir auch wieder einmal da, hat der Anmeldebeamte gesagt. Der Anmeldebeamte hatte eine andere Uniform an als der Toröffner. Der eine war mehr wert als der andere, was dadurch zum Ausdruck kam, dass der Anmeldebeamte ihm nicht ins Gesicht schaute und ihn mit einer Handbewegung, die man macht, wenn man zum Beispiel die Semmelbrösel vom Tisch wischt, zurück in den Hof und zum Tor schickte, neben dem ein Glaskoben stand, in dem der Toröffner den ganzen Arbeitstag saß und wartete, dass jemand läutete, um demjenigen das Tor zu öffnen. Der Anmeldebeamte führte die Anmeldemodalitäten durch und forderte die drei auf, ins Wartezimmer zu gehen, in das sie von einem weiteren Beamten geführt wurden. Es dauerte einige Minuten, bis dieser Beamte kam, den der Anmeldebeamte zuvor hatte ausrufen lassen. Mussten derweil auf dem Gang warten, der von Tabakrauch völlig vernebelt war, der Kleinen die Tränen aus den Augen liefen deswegen. Der Beamte, der sie abholte, hatte eine ausgewaschene Uniform an und eine Waffe an den Gürtel geschnallt, der sich um seinen Hosenbund derart spannte, dass die Wampe mit Gewalt aus der Hose herausgedrückt wurde. Im Gänsemarsch folgten sie dem Beamten ins Wartezimmer. Dort waren kleine Kunstwerke ausgestellt, die von den Arbeitern in den Werkstätten hergestellt wurden. Diese Kunstwerke konnte man kaufen, um die Arbeiter damit finanziell zu unterstützen, wie es hieß. Leider wurde nie auch nur ein einziges dieser Kunstwerke verkauft. Die Bilder, Skulpturen aus Ton und Ytong, die Scherenschnitte und die selbst geblasenen Vasen mit Gravur wurden immer mehr dadurch. Deswegen schaute das Wartezimmer aus wie das Fotostudio vom Pichlberger Fotofrosch. Die Rosemarie saß auf ihren Händen, ließ die Beine von ihrem Sessel baumeln und leckte sich mit der Zunge über ihre Oberlippe. Dieses Lecken konnte die Mutter nicht ausstehen. Bezeichnete es als ordinär und schweinisch. Sapperlot jetzt, hat die Mutter gesagt und der Rosemarie mit ihrem rauen Daumen die Zunge in den Mund gedrückt. Während des Hineindrückens hat sie wieder mit dem Vater und Von-ihm-ausgeschimpft-Werden gedroht, die Drohungen von der Rosemarie aber nicht mehr ernst genommen wurden. Weil sie vom Vater nie auch nur ein einziges Mal ausgeschimpft wurde an den Besuchstagen. Ein anderer Beamter kam in das Wartezimmer und holte die drei ab. Führte sie durch einen langen Gang mit Linoleumboden und weitere grau gefärbte Türen zum Besucherzimmer. Dort saß hinter einer Glaswand schon der Vater und wartete. Hinter ihm stand mit verschränkten Armen ein Beamter, der dem mit der Wampe sehr ähnlich sah, ein Beamter dem anderen im Generellen fast bis aufs Haar glich. Die Rosemarie lief sofort hin, hatte sich vom festen Griff der Mutter losgerissen, durch den die Haut über ihren Knöcheln ganz weiß geworden war. Um miteinander sprechen zu können, waren in der Glaswand in Kopfhöhe eines sitzenden Erwachsenen kleine Löcher gebohrt. Stehend konnte die Rosemarie die Sprechlöcher mit ausgestreckten Armen erreichen. Der Durchmesser war so groß, dass sie ihren Zeigefinger bis zum Gelenk durchstecken konnte. Auf der anderen Seite der Wand hat der Vater mit seinen Schneidezähnen in die Zeigefingerspitze der Rosemarie hineingebissen. Hat seine

Augen aufgerissen und sich die Haare zerwühlt. Sich mit den Füßen auf seinen Sessel gehockt, unter seinen Achseln gekratzt und Geräusche gemacht wie ein Orang-Utan. Die Rosemarie hat gelacht und der blecherne Geschmack im Mund, die aufgewetzten Schamlippen, die gelbe Regenpelerine und die totgefahrenen Regenwürmer sind auf einmal vergessen gewesen. Die Mutter hat den Finger der Rosemarie aus dem Sprechloch herausgezogen, sich auf den Sessel gesetzt und sie auf den Schoß genommen. Die Kleine saß im Kinderwagen daneben und schaute herum. Der Vater legte ein Bein über das andere, lehnte sich zurück, streckte sich und verschränkte die Hände hinter seinem Kopf. Ja, Grüß Gott, sind wir auch wieder einmal da, hat er gesagt. Das waren die Besuchstage. Jedes Mal nach einem Besuch hat die Rosemarie diese Geschichte oder eine Variation dieser Geschichte vorm Calafati sitzend dem Norbert erzählt. Hat vom Vater geschwärmt, der wegen schwerer Körperverletzung mit Todesfolge, die in Wahrheit ein tragischer Unfall gewesen war, wie sie gesagt hat, eine fünfjährige Haftstrafe abzusitzen hatte. Bis die Besuchstage aufhörten und bis zu dem Abend, an dem die Rosemarie die Hand vom Norbert in ihr glitschiges Loch steckte und sagte: Zur Erinnerung. Danach war die Rosemarie plötzlich verschwunden. Die Dienstwohnung für Küchenbedienstete des Arnautovič Kinderheims, in der die Rosemarie mit ihrer Mutter und ihrer Schwester gewohnt hatte, bezog ein ausgefressener ehemaliger Militärkoch aus Polen, der schwer soff und keine Tochter beziehungsweise überhaupt keine Kinder hatte, weil er, wie er immer gesagt hat, Kinder im Generellen nicht ausstehen konnte. DAS ESSEN IST IMMER NUR SO GUT WIE DER KOCH BLAD IST, hat die Mutter immer gesagt. Das hat zwar tatsächlich gestimmt, konnte den Norbert aber auch nicht über die durchgehende Finsternis, die mit dem Verschwinden der Rosemarie eingekehrt war, hinwegtrösten.

III

»Du wirst lachen, Kreisky, wenn dein Leben besser sein soll, als es momentan ist, dann musst du deine Vergangenheit vergessen und alle Menschen, die damit zu tun gehabt haben, umbringen in deinem Kopf.« Bei dem Wort *umbringen* streckt der Herr Norbert den Zeigefinger seiner rechten Hand aus und wackelt damit herum, wie man es tut, wenn man einem kleinen Kind beim Ausschimpfen irgendwelche unangenehmen Konsequenzen androht. »Alles umbringen, Kreisky! Weil wenn du es nicht schaffst, sie umzubringen, musst du dich irgendwann selbst umbringen, wirklich wahr! Nicht dass das was Schlechtes wäre, ganz im Gegenteil! Es ist ja das größte Missverständnis, dass die Leute glauben, der Selbstmord ist eine Verzweiflungstat eines *Lebensmüden,* wie sie immer sagen, Kreisky. Ein mutmaßliches tragisches Unglück!«, sagt der Herr Norbert.

Als der Herr Norbert das Wort *lebensmüde* sagt, denkt er sofort wieder an den Leitenbauer, der die Kaninchen, die am nächsten Tag geschlachtet werden sollten, scherzhaft als *lebensmüde* bezeichnet hat. Einmal kannst noch deine *Lebensmüden* füttern, hat er zum Norbert gesagt, und ist gleich wieder in sein Lachen ausgebrochen, weil er seinen eigenen Spruch so witzig gefunden hat. Natürlich ist das für den Norbert nicht witzig, sondern katastrophal gewesen, weil nach dem Spruch des Leitenbauer am nächsten Tag die Kaninchen abgestochen, gehäutet und ausgenommen mit eröffneten Körpern zum Ausbluten auf der Wäscheleine der Mutter hinter der Keusche aufgehängt wurden. Zum Auffangen des Blutes wurde von der Mutter darunter das alte Blechlavoir gestellt, in dem der Norbert im Sommer immer gebadet hat. In der Nacht musste er dann das Hineinklatschen der Blutstropfen in das Blechlavoir hören. In unregelmäßigen Abständen sind sie hineingeklatscht und haben ein blechernes Nachhallen verursacht, das nur vom Geschrei und Gefauche der Katzen und Marder, die sich um das blutgefüllte Blechlavoir gestritten haben, unterbrochen wurde. Sauschädelschmaus, hat sich der Norbert gedacht und: Zerdenken!, Zerdenken!, und sich den Polster auf den Kopf und die Ohren gepresst. »Sauschädelschmaus! Sauschädelschmaus! Sauschädelschmaus!«, ruft der Herr Norbert laut aus. »Die Unglücksstelle zeigt ja ein Bild des Grauens, ist in den Zeitungen gestanden, Kreisky. Verdenken kann man es ihnen ja nicht, mir aber auch nicht! Und trotzdem tun sie es! Alle haben es mir von Anfang an verdenkt, ohne zum Beispiel zu fragen: Wie ist es denn passiert? Wie konnte es denn überhaupt so weit kommen am helllichten Tag? Fragen sich doch sonst wegen jedem Scheißdreck, wie es denn so weit hat kommen können, oder, Kreisky? Warum dieses und jenes so und nicht anders passiert ist! Aber nicht bei mir, bei mir nicht, Kreisky, sag ich. Bei mir hat es geheißen: Bei dem hat es ja irgendwann einmal so weit kommen müssen. Wir haben es uns *eigentlich immer* schon gedacht, dass bei dem was nicht stimmt und so weiter. Haben es auch den Zeitungen gesagt, die das natürlich nicht nur genau so, sondern übertrieben und ausgeschmückt hingeschrieben haben, ohne mich zu fragen, logischerweise, Kreisky. Oder vielleicht die Aussagen meiner mutmaßlichen Kollegenschaft wenigstens zu hinterfragen! Aber den Zeitungsleuten ist das ja egal. Ist es ihnen quasi komplett wurscht, was stimmt und was nicht stimmt, nicht wahr, Kreisky?, sag ich zu ihm. Weil sie ja schon AM NÄCHSTEN TAG EINE ANDERE SAU DURCHS DORF TREIBEN, wie die Mutter immer gesagt hat. Das weiß doch jedes Kind, wirklich wahr. Dabei habe ich es ihnen nicht nur einmal gesagt. Nein, hab ich gesagt, mit dem D-Wagen will ich nicht fahren. Mit dem D-Wagen muss ich zwangsweise am Musikverein und an der Bösendorferstraße vorbeifahren. Wo ich sie gemieden habe die letzten Jahre. Ja, meiden habe *müssen* seit seinerzeit. Meiner Gesundheit zuliebe und um nicht erinnert zu werden. Weil, wer will schon an so Sachen erinnert werden, Kreisky? Du vielleicht?, sag ich zu ihm. Mein Lebensberater sagt ja nicht umsonst: Opfererfahrungen werden durch negative und positive Ereignisse gemacht. *Sowohl als auch,* sagt er! Stimmt doch auch, Kreisky. Ganz klar, dass das passiert ist, sagt er. Eindeutiger Fall von Traumaerinnerung. Flashback! Da werd ausgerechnet ich hinfahren, hab ich ihnen gesagt. Fahrlässig ist das gewesen, oder etwa nicht, Kreisky? Mich trotz meiner Einwände mit dem D-Wagen fahren zu lassen. Wo der *sowohl* am Musikverein *als auch* an der Bösendorferstraße vorbeifährt. Aber nein, bestanden haben sie darauf, dass *ich* einspringe für den Janowsky. Alle anderen sind schon zigmal für den Janowksy eingesprungen, haben sie gesagt, der sich alle schaslang krankmeldet, haben sie gesagt und ihn Kameradenschwein, Nichtstuer und Memme geheißen, wirklich wahr. Jetzt bin *ich* einmal an der Reihe für den Janowsky einzuspringen, haben sie gesagt. D-Wagen hin oder her. Da fährt quasi der Zug drüber. Aus-Schluss-Amen!, haben sie gesagt, Kreisky. Was hätte ich denn da machen sollen, oder?«, sagt der Herr Norbert.

Am gleichen Tag, an dem der Norbert am Abend der Rosemarie seinen Finger beziehungsweise eigentlich die Rosemarie den Finger vom Norbert in ihr glitschiges Loch gesteckt hatte, war vom Guritsch eine musikalisch-pädagogische Exkursion, wie er den Ausflug angekündigt hatte, in den Wiener Musikverein veranstaltet worden. Nach Rückfrage der Mutter beim Guritsch durfte die Rosemarie als einziges Mädchen an diesem Ausflug teilnehmen. Saß dann auch im großen Musikvereinssaal zwischen dem Guritsch und dem Norbert, nachdem sie ihn durch Zupfen an seinem Gewand beziehungsweise Zischen, Tuscheln und Deuten auf den Platz neben sich hingelotst hatte. Vom ersten Ton an, den das Orchester spielte, wurde dem Norbert ganz anders auf einmal. Weil die Melodie, die sie spielten, die genau gleiche war, die die Mutter vom Norbert ihm immer vorgesummt hat zur Beruhigung. Seine Hand, die die Rosemarie unauffällig gestreichelt hatte, damit es ja keiner mitkriegte, besonders der Guritsch nicht, war blitzartig schweißnass geworden bei den gehörten Tönen, dass sich die Rosemarie zwischendurch ihre Handflächen an ihrem Kleid abwischen musste. »Du wirst lachen, Kreisky, die *Moldau* ist es gewesen! Eine der bekanntesten Sinfonien, die es überhaupt gibt und von der ich bis zu dem Zeitpunkt nicht gewusst hab, dass es sie überhaupt gibt. Ich fahre mit dem D-Wagen an der Oper vorbei, komme also dem Musikverein schon gefährlich nahe, und natürlich fällt mir sofort die *Moldau* und auch gleich wieder der Leitenbauer ein, wie er in der Mutter gesteckt ist, und der Rosemarie ihre Hand spüre ich auf meiner nassen, und die Peinlichkeit, die ich gespürt habe deswegen, weil ich geglaubt habe, die Rosemarie glaubt sicher, ich schwitze wegen ihr, dabei ist es wegen der *Moldau* gewesen und der dadurch ausgelösten Erinnerung. Eine Erinnerung löst eine andere Erinnerung aus und die wiederum die nächste. Eine Erinnerungskettenreaktion wird ausgelöst in meinem Kopf, mit der ich nichts zu tun haben will. Weil es eine grausliche Kette von Erinnerungen ist, die mir den Brustkorb und den Hals zuschnürt, sobald sie mir beziehungsweise *in* mich einfällt wie ein Heuschreckenschwarm, wirklich wahr, Kreisky«, sagt der Herr Norbert.

Anneliese Hopp hatte schon einen Tag vorher ihr Abbruchbesteck hergerichtet. Da war sie pflichtbewusst. Da konnte man gar nichts sagen. Außerdem war sie auf ihr Abbruchbesteck richtig stolz, weil es von ihr eigenhändig und somit praktisch für ihre Zwecke hergestellt worden war. Die vermeintlich löblichen Ärzte haben auch nichts anderes, verwenden auch nichts anderes, hat sie immer gesagt. Bei mir ersparen sich die Mädchen und Frauen zusätzlich die Demütigung. Ich verurteile keine. Im Gegenteil. Ich unterstütze sie. Ermutige sie. Alle sind mir bis jetzt immer dankbar gewesen. Der rettende Engel in ihrer Not bin ich gewesen, habe ich nicht nur einmal gehört, hat sie gesagt. Bitte, meine Liebe, hat sie zur Mutter gesagt, kommen Sie rein. Kommen Sie nur rein. Setzen Sie sich doch hin! Hier hin oder da her, setzen Sie sich hin, wo Sie wollen. Haben Sie gleich hergefunden? So schwer ist es ja nicht. Sie müssen ja müde sein, die weite Reise mit dem Zug … ich kenn die Strecke ja. Nein, wirklich wunderschön, trotzdem sehr beschwerlich. Aber einen Kaffee werden Sie schon trinken wollen, oder? Mein Mann sagt, ich mach den besten Kaffee. Wirklich, das ist nicht gelogen. Aber das sind doch keine Umstände, ich bitte Sie! Das geht ja schnell! Ich brauche ihn ja nur aufstellen, sehen Sie? In fünf Minuten haben Sie einen schönen starken Kaffee. Der wird Sie wieder aufrichten, das verspreche ich Ihnen. Mich richtet der auch immer auf, wenn ich erschöpft bin. Hm? Also an mir soll es nicht liegen, ich habe alles vorbereitet. Da lege ich großen Wert drauf, müssen Sie wissen. Wenn Sie sich nur unten frei machen würden? Natürlich! Hängen Sie den Rock einfach über die Sessellehne … die Strumpfhose und die Unterhose auch. Da brauchen Sie keinen Genierer haben … bitte, vor mir müssen Sie wirklich keinen Genierer haben, das können Sie mir glauben. Ich hab ja auch nichts anderes da unten, oder? Ist es nicht so? Natürlich sind Sie nervös, das ist doch ganz normal. Stellen Sie sich vor, Sie wären nicht nervös, *da* würde ich mir Sorgen machen, aber *so* mache ich mir keine Sorgen. Hm? Aber nein! Wie beim Zahnarzt. Stellen Sie sich einen Zahnarztbesuch vor. Einen eitrigen Zahn lassen Sie sich doch auch ziehen, oder? Sehen Sie! Außerdem gebe ich Ihnen was zur Beruhigung und gegen die Schmerzen. Sie werden sehen, ruck, zuck ist der kleine Fratz heraußen und Sie können wieder beruhigt sein und nach Hause fahren. Ein Stein wird Ihnen vom Herzen fallen, nicht wahr? Es bleibt ja immer alles bei uns Frauen hängen, gell? Die Männer denken immer nur an das Hineinstecken. Zum herausziehen reicht das Denken dann schon nicht mehr, oder? Wenn das Weiße einmal heraußen ist aus ihnen, ist ihr Interesse für einen auch weg auf einmal, nicht wahr? Wird ja bei Ihnen nicht anders gewesen sein, stimmt's? Ist noch nie anders gewesen, seit ich bei diesem Problem behilflich bin. Das zeigt mir die Erfahrung eindeutig. Wenn Sie das Becken nur ein *bisschen* hochheben täten, damit ich den Polster darunterlegen kann? So ist's recht. Jetzt kann ich schön hineinsehen. Wunderbar, meine Liebe. Keine Angst, nicht erschrecken, das ist nur das Jod. Das ist etwas kalt auf den Schenkeln … So! Auf die Schamlippen und in die Scheide hinein tun wir auch noch ein bisserl was. Dass nichts sein kann, wissen Sie. Schön die Beine abwinkeln, wie ich es Ihnen gezeigt habe. Wie ich es Ihnen vorgemacht habe. Weit spreizen und abwinkeln … locker lassen jetzt … bitte meine Liebe … ganz locker lassen. So ist's recht. Na bitte, da sehe ich ihn ja schon. Den Schleimpfropfen. Den werden wir gleich haben. Jetzt bitte nicht bewegen … Schhhhhh … ist schon gut, Schatzerl … ist eh alles in Ordnung, oder?

»Hat die Rosemarie wirklich geglaubt, dass sie mir eine Freude macht, Kreisky? Kann sie das wirklich geglaubt haben? Hat sie geglaubt, wenn sie mich in ihrem glitschigen Loch herumstochern lässt, dass es mir dann besser geht, obwohl sie weg ist? Wollte sie mich schonen? Hat sie geglaubt, ich sei neidisch, weil sie wieder einen Vater und eine Familie gehabt hat? Ja, was hat sie denn geglaubt? Was glaubst denn du, Kreisky? Natürlich bin ich neidig gewesen! Weil ich ja keine Mutter mehr und keinen Vater sowieso nie gehabt habe. Der schlechteste Vater und die bösartigste Mutter sind immer noch besser als keine zu haben, nicht wahr? Jeder Schlag ins Gesicht von den Eltern ist besser als nicht einmal die Möglichkeit dazu zu haben. Ist der Hass auf die Eltern besser als gar nichts, Kreisky, sag ich, wirklich wahr. So bleibt dir ja nichts anderes übrig, als sie zu lieben. Bedingungslos, wie man so schön sagt. Das ist die schrecklichste Liebe, die es gibt, die schlimmer ist als jeder Hass, Kreisky, das kannst du mir glauben. Da hat sie mir noch so lang im Musikverein während der *Moldau* meine Hand streicheln und sie sich später auf der Praterwiese in ihr glitschiges Loch hineinstecken können. Das hat mir dann im Endeffekt auch nichts mehr gebracht. Dass sie ihr

Gewissen beruhigt hat. Dass sie geglaubt hat, mir mit ihrer Musikvereinszärtlichkeit und Praterwiesengeilheit einen Gefallen zu tun, wirklich wahr«, sagt der Herr Norbert.

Gut schaut es aus, alles in Ordnung. Den Schleimpfropfen hab ich schon herunten. Wie der ausschaut? Den müssen Sie sich vorstellen wie einen Weinkorken, den sie mit Wachs versiegelt haben. Bald werden Sie wieder die Korken knallen lassen können. Ganz bestimmt! Ich verspreche es Ihnen. Jetzt? Zuerst dehne ich den Muttermund auf. Mit der Häkelnadel da. Spüren Sie was? Nichts, oder? Es ist ja auch keine ordinäre Häkelnadel, sondern eine von mir verbesserte. Die Ärzte sind ja immer so eingebildet … was glauben Sie … Geschichten könnte ich Ihnen da erzählen. Dabei tun die auch nur das Gleiche mit den gleichen Instrumenten, die nur komplizierte Namen haben, nicht wahr? Sehen Sie, bin schon drinnen. Als ob nichts passiert wäre. Es ist ja auch nichts passiert, oder? Die Männer sagen ja auch immer, es wird schon nichts passieren. Deswegen sind Sie ja da, weil nichts passiert ist. Es kommen ja immer alle nur deswegen zu mir, weil nichts passiert ist! Die Beine, meine Liebe. Nicht auf die Beine vergessen. Immer schön darauf konzentrieren, die Beine breit zu machen. Wie beim Kinderkriegen … genau so … es gibt keinen Unterschied zum Kinderkriegen. Natürlich ist es komisch, wenn einem jemand mit dem Butterbrotmesser in die Scheide hineinfährt, aber glauben Sie mir, es ist das perfekte Werkzeug, um den Muttermund weit aufzudehnen. Das Wichtigste ist nämlich, den Muttermund ordentlich aufzudehnen. Dass man genügend Platz zum Auskratzen hat, müssen Sie wissen. Es muss alles schön ausgekratzt werden. Das Schlimmste ist, wenn man was drinnen lässt. Deswegen: ordentlich aufdehnen den Muttermund und dann sauber auskratzen.

»Dann war es so weit, Kreisky, sag ich zu ihm. Wie ich es von Anfang an allen gesagt habe. Wie ich es befürchtet habe. Ich fahre Richtung Schwarzenbergplatz, bin schon kurz vor dem Imperial und sehe über die Bösendorferstraße rüber und zum Musikverein, dass mir richtig schlecht geworden ist. Auf einmal habe ich nur mehr zwei Löcher im Kopf gehabt: Der Rosemarie ihr glitschiges und der Mutter ihr blutiges, wirklich wahr. Schräg gegenüber vom Musikverein in der Bösendorferstraße ist sie ja gelegen seinerzeit, wie sie mir erzählt haben, die Pichlberger Tabernakelwanzen, bei meinem einzigen Besuch auf dem Pichlberger Dorffriedhof. Als hätten sie jahrelang darauf gewartet, es mir endlich erzählen zu können. Haben mich abgepasst bei der Aufbahrungshalle, wo sie sich immer getroffen haben, weil, eine Leich zum Anschauen war ja immer da, nicht wahr? Auf einer abgewetzten Chaiselongue in einer Zimmer-Küche-Kabinett-Wohnung soll sie gelegen sein. Da hat sie der Pfarrer Probodnig hingeschickt seinerzeit, haben sie gesagt. Nachdem der auf Bitte des Leitenbauer hin auf sie eingeredet hat. Richtig vorstellen kann ich es mir, wie es gewesen ist damals, Kreisky. Noch ein uneheliches Kind, wo es doch gerade mit dem anderen solche Probleme gibt, wird er gesagt haben. Und wieder ohne Vater aufzuwachsen, nein, das wäre unverantwortlich, und die Kosten erst! Was heutzutage so ein Kind kostet, ein Wahnsinn wäre das. Und außerdem habe er mit der Frau Hopp nur die besten Erfahrungen gemacht. Keiner würde die Sache so reibungslos erledigen wie die Frau Hopp. Sie, die Mutter, müsste ihm da glauben. Ihm vertrauen, hat er sicher zu ihr gesagt, Kreisky«, sagt der Herr Norbert.

Der Leitenbauer hat ihr das Messer eingepflanzt und die Hopp, die es ihr laut Probodnig hätte sollen herausschneiden, hat es letztendlich im Gegenteil geschärft und angespitzt, wie mit einem grauen, rauen Schleifstein, und ihr Inneres aufgerissen dadurch. »Sie hat halt keine andere Wahl gehabt. Aber die hat man sowieso nie, wenn wir uns ehrlich sind, oder, Kreisky? Zu sagen, was man sich überhaupt aufregt, man hat ja die Wahl gehabt, ist überhaupt die größte Sauerei. Der Leitenbauer hat sich danach ja auch sicher gedacht und zum Pfarrer Probodnig gesagt: Sie hätte ja nicht müssen mit mir. Und der Pfarrer

Probodnig hat danach sicher auch zum Leitenbauer gesagt: Sie hätte ja nicht müssen nach Wien und in die Bösendorferstraße zur Hopp fahren. Es hat sie ja sicher nie keiner zu nichts gezwungen! Aus freien Stücken! Genauso wie sie mich aus mutmaßlichen freien Stücken weggeben hat. Ich sage ja nicht, dass ich unschuldig bin, Kreisky, sicher nicht. Das fällt mir ja überhaupt nicht ein. Aber dass die Japaner dafür bekannt sind, beim Anblick der Erste-Bezirk-Gebäude in einen Kulturschock und dadurch in eine Körperstarre zu verfallen, weiß wirklich jeder, der im Tourismus, in der Gastronomie oder im Personentransport tätig ist, Kreisky, oder? Jedem Menschen, der schon einmal in Wien war, ist doch bestimmt nicht nur einmal eine eingefrorene Herde von Japanern vor einem Erste-Bezirk-Gebäude aufgefallen, wirklich wahr«, sagt der Herr Norbert. Vor allem auf der Ringstraße und im Frühjahr wimmelt es ja nur so von japanischen Touristen, die dann völlig unvorhersehbar auf den für den Verkehr ungünstigsten Plätzen und Stellen in ihre vom Kulturschock ausgelöste Körperstarre verfallen und regungslos für unbestimmte Zeit einfrieren. »Aber das hat natürlich im Nachhinein keinen interessiert. Dabei haben sie sogar einen Bericht im Fernsehen darüber gezeigt einmal. In den Zeitungen ist nur etwas von Fahrlässigkeit, menschlichem Versagen und Unachtsamkeit gestanden. Über Ausbildungsmängel, verabsäumte amtsärztliche Kontrollen und mutmaßlichen Medikamentenmissbrauch. Aber kein Wort über das Einfrierphänomen japanischer Kunst- und Kulturtouristen, die mit ihren Anfällen, beziehungsweise eigentlich sind es ja *Ausfälle,* die öffentliche Sicherheit gefährden, nicht wahr, Kreisky?, sag ich zu ihm.«

Natürlich habe ich in der Testphase verschiedene Werkzeuge austesten müssen. Das ist ja ganz normal. Die Ärzte müssen ihre Instrumente ja auch am lebenden Objekt austesten, wie man so schön sagt. Auch wenn sie es nicht zugeben. Dasselbe habe ich auch gemacht, nichts anderes. Am geeignetsten herausgestellt haben sich da eben die von mir verbesserte Häkelnadel, das Buttermesser und der Babylöffel. Der Babylöffel? Das ist lustig, dass sie fragen! Erst heute Früh hat mein Mann mich dasselbe gefragt! Der Babylöffel ist der seitlich abgebogene Löffel, weil die Kleinkinder den Löffel ja nur mit der Faust halten können, nicht wahr? Und mit dem abgebogenen Löffel treffen sie schön hinein in ihren Mund und schmieren sich nicht das Gesicht voll. Den kennen Sie doch sicher meine Liebe, oder? Einfach eine handliche Verlängerung drangelötet, die Babylöffelschaufel scharf zugeschliffen, und schon hat man das perfekte Werkzeug, um ein Baby rauszukratzen aus der Gebärmutter, meine Liebe. Glauben Sie mir, mit nichts kann man einen Fötus, weil ein Baby ist es ja eigentlich noch gar nicht, besser rauskratzen als mit diesem Babylöffel, sehen Sie? Greifen Sie ihn ruhig an … Sehr schön machen Sie das, sehr schön. Gleich haben wir es … Sie sind schon ganz offen. Ich kann schon reingreifen. Wissen Sie, der Vorteil ist, dass ich mit der Häkelnadel den Fötus schön aufspießen und rausfischen kann … wie beim Angeln, da macht man es ja auch nicht anders, nicht wahr? Mit der Stecknadel stichst du zehn Mal hinein und immer rutscht der Fötus von der Nadel herunter. Ist doch einleuchtend, oder? Wenn ich ihn aber einmal mit der Häkelnadel am Haken habe, bleibt er schön dran hängen und ich kann ihn rausziehen. Schön Ruhe geben bitte, aber wirklich! Was sage ich! Haben Sie nicht gehört, was ich gesagt habe? Jetzt haben Sie sich bewegt! Ich sage doch gerade *nicht bewegen,* und in dem Moment bewegen Sie sich … Natürlich, aber jetzt müssen Sie die Zähne zusammenbeißen … gleich haben Sie es geschafft. Nur dumm, dass Sie sich bewegt haben … nein, Sie hätten sich nicht bewegen dürfen. Jetzt haben sie mir mit ihrem Geruckel die Häkelnadel aus dem Fötus herausgerissen. Jetzt kann ich ihn nicht mehr als Ganzes rausfischen. Aber nein … kein Grund zur Beunruhigung, meine Liebe. Das passiert ja nicht zum ersten Mal. Mir nichts dir nichts sind wir fertig … muss den Fötus heraußen einfach zusammensetzen, um sicherzugehen, dass nichts drinnen geblieben ist. Einfach wie ein Puzzle zusammensetzen und schauen, ob was fehlt, und wenn was fehlt, die Gebärmutter und den Gebärmutterhals mit dem Babylöffel schön auskratzen, dann kann nichts passieren … Versprochen, meine Liebe, keine Angst … ich habe schon viele unglückliche Mütter auf diese Weise ausgelöffelt damit sie wieder glücklich sind und sich keinen Kopf mehr machen müssen wegen der Leute und so weiter. Dauert halt ein bisschen länger jetzt, weil ich mehr auskratzen muss … Ablenkung ist gut, was glauben Sie, warum ich die ganze Zeit so viel rede? Ist mir auch lieber, wenn ich nicht so viel reden muss … Musik? Natürlich! Was hören Sie denn gerne? Klassik? Aber ja, das ist passend, finden Sie nicht auch?

»Hundert Mal habe ich es ihnen gesagt und bestätigt und zugegeben, dass ich nicht bei der Sache war. Sie geben also zu, nicht bei Sache gewesen zu sein, haben sie immer wieder gesagt und ich habe es immer wieder bestätigt und erklärt, warum ich nicht bei der Sache war. Wie es überhaupt dazu hat kommen können, dass ich so was von überhaupt nicht bei der Sache war. Aber das hat ihnen nicht gereicht. Es musste einen anderen Grund gehabt haben ihrer Meinung nach. Einen triftigen Grund, wie sie gesagt haben, Kreisky. Sie wollten partout nicht in ihr Protokoll hineinschreiben: *Der Fahrer war nicht bei der Sache, weil er zwei Löcher im Kopf (im Gedanken) hatte*. Das wäre die einzig richtige Erklärung gewesen, weil es die Wahrheit war. Aber die Wahrheit hat bekanntlich noch nie jemanden interessiert, Kreisky, nicht wahr? Drum ist zum Schluss auch ein tragisches Unglück daraus geworden. Ich kann mich ja überhaupt gar nicht mehr so genau erinnern, sondern muss das glauben, was sie mir nachher erzählt haben und was in den Zeitungen gestanden ist. Erinnern tu ich mich nur daran, dass der D-Wagen auf einmal gestanden ist, ohne dass ich gebremst hätte und dass Leute mich an meinem Arm gerüttelt und mir Sachen wie *wahnsinnig!* und *verrückt!* ins Gesicht geschrien haben. Das ist doch ein Wahnsinn!, Stehen Sie auf!, Machen Sie die Türen auf!, Hilfe!, hat einer geschrien und mich von meinem Sessel herunter und aus dem D-Wagen herausgezogen, wirklich wahr, Kreisky, sag ich zu ihm. Dabei bin ich über ein Wäscheknäuel gestolpert, was aber in Wahrheit gar keines war, sondern ein unter dem D-Wagen eingeklemmter Japanerkörper. Um seinen Hals war der Haltegurt einer Nikon-Spiegelreflexkamera gewickelt und aus dem Mund ist ein pfeifendes Geräusch herausgekommen deswegen. DIE KUGEL ROLLT REIN, hat die Mutter immer gesagt, SO ODER SO, Kreisky«, sagt der Herr Norbert. Der Unterschenkel lag einen Waggon weiter hinten neben einem Dreiecksplakatständer mit einem Politiker drauf, der demnach den *Mächtigen*

im Weg war. Der Fuß hatte sogar noch seinen Schuh an. Ein kleines japanisches Mädchen mit einem rot-schwarz karierten knielangen Rock und streng nach hinten gebundenem Zopf, aus dem einzelne Haarsträhnen herausgerupft waren, womöglich durch den Aufprall, ging langsam und wackelig zu dem Unterschenkel hin und hob ihn auf. »Nie werde ich das Mädchen vergessen. Ganz ruhig ist es dagestanden. Den abgerissenen Unterschenkel hat es in seinen Händen gehalten. Der hat ihm auf die Bluse und den Rock geblutet. Wie ein Taferlklassler am ersten Schultag seine Schultüte hält, hat es den Unterschenkel gehalten, wirklich wahr, Kreisky, sag ich zu ihm, das muss man sich mal vorstellen. Der Unterschenkel ist in einem Wanderschuh samt Tennissocken gesteckt, wie sie sie in den achtziger Jahren immer angehabt haben. Auf einmal habe ich den Zeitungsartikel schon hängen gesehen. Im Hudin seiner Fleischerei, neben seiner übergroßen, gehässigen Fresse habe ich ihn schon hängen gesehen, Kreisky. So wie er dann auch wirklich dort gehangen ist. *Das ist einer meiner besten Kunden!,* hat er jedem, der es nicht wissen wollte, gesagt und dabei mit seinen fettigen Wurstfingern auf den Zeitungsartikel hingetippt, dass der schon ganz durchsichtig gewesen ist, wirklich wahr«, sagt der Herr Norbert.

»Strandliegenreservierer! Handtuchbesetzer! Freizeitkieberer!«, ruft der Herr Norbert mehrere Male hintereinander aus. Strandliegenreservierer! Handtuchbesetzer! Hobbykieberer! Die Japanerkörper hatten sich quasi zusammengeläppert. Unter beziehungsweise neben den Waggons lagen jammernde, teils bewusstlose Japanerkörper mit verrenkten und gebrochenen Gliedmaßen. Daneben aufgeplatzte Handtaschen und Rucksäcke, aus denen vom berüchtigten Wiener Wind Jausenpapier, Taschentücher und Eintrittskarten für den Wiener Musikverein herausgeweht worden waren, mit der Aufschrift: Einlass 19:30/ Großer Saal/ Sibelius/ Smetana/ Dvořák.

Wenn Sie mir nicht glauben, meine Liebe, können Sie ja selber nachschauen. Empfehlen tu ich es Ihnen ja nicht, aber wenn Sie *unbedingt wollen,* sag ich nicht nein. Dann schauen Sie es sich halt an. Schauen Sie rein. Hier, bitteschön, das Lavoir. Wie? Natürlich können Sie ihn nicht sehen! Der Körper ist mir ja zerrissen durch Ihr Geruckel. Aber sonst ist alles da: Köpfchen, Händchen, Füßchen. Sehen Sie? Nichts drinnengeblieben. Und den Rest habe ich fein säuberlich ausgekratzt. Da kann man halt nichts mehr erkennen in dem Schleimbatzen … ich habe es ja eh versucht. Es tut mir leid, ich auch nicht, trotz Erfahrung … Aber machen Sie sich keine Sorgen, Sie sind leer. Ausgeräumt. Ich schwöre auf alles. Vertrauen Sie mir! Ist doch schnell gegangen, oder? War halb so schlimm, nicht wahr?

Hat Ihnen der Pfarrer Probodnig nicht zu viel versprochen, gell? Ist ja wirklich ein netter Mensch, der Herr Pfarrer. Stimmt doch, oder? Und so hilfsbereit! Der kümmert sich halt noch um seine Gemeinde. Wo gibt es denn so was heutzutage noch, dass sich der Pfarrer so um seine Gemeinde kümmert? Sich dermaßen für seine Gemeinde aufopfert? Eben. Nirgends. Genau, Sie sagen es, meine Liebe. Die Kirche hat ja sonst kein Gespür für so Probleme. Aber ich bitte Sie, nichts zu danken! Das habe ich doch gerne gemacht. Ich mache das ja nicht wegen dem Geld. Nicht nur jedenfalls. Aber man muss ja schließlich auch von was leben, nicht wahr? Und irgendwer muss es ja machen, oder etwa nicht? Irgendwer muss den Frauen doch helfen, sonst tut es ja keiner! Wer denn? Die Männer vielleicht? Die den Frauen das alles überhaupt erst eingebrockt haben? Oder der Staat? Dass ich nicht lache! Mörderinnen sind wir beide offiziell. Sonst nichts. Verbrecherinnen! So ist das hier bei uns. Wie? Nichts Besonderes. Versuchen Sie einfach zu schlafen. Ruhe ist das Wichtigste. Setzen Sie sich in den Zug. Fahren Sie heim und schlafen Sie. Beim Schlafen heilen die Wunden am besten. Sie werden sehen, morgen schaut alles schon ganz anders aus. Da geht es Ihnen wieder halbwegs … Gute Nacht.

EIN INDIANER KENNT KEINEN SCHMERZ, hat die Mutter gesagt.

»Passanten berichten von einem *Schlachtfeld*, ist in einer Zeitung gestanden, Kreisky. In einer anderen hat es *Kriegsschauplatz* geheißen und wieder andere haben ein *Bild der Zerstörung* und, eh scho' wissen, des *Grauens* gezeichnet. Gegraust hat's mir auch, weil, und da haben die Zeitungen einmal ausnahmsweise recht gehabt, Passanten habe ich genug gesehen. Die Passanten haben nämlich die Unglücksstelle wirklich nur passiert. So wie sie ganz offensichtlich vor dem Passieren dem Verbluten zugeschaut haben. Einer hat sogar seinen Hund weggezogen und ausgeschimpft. Ihm mit der Leine eine über die Schnauze gegeben, weil der an einem Japanerellbogen herumgeleckt hat, wirklich wahr, Kreisky, ob du es glaubst oder nicht, so ist es gewesen. Gekommen, geschaut, gedeutet, wieder weggeschaut, weiter und weggegangen ist worden. So war das, wirklich wahr. Menschliches Versagen! Menschliches Versagen! Zum Schluss hat es sich wie immer als menschliches Versagen herausgestellt ... die Polizei geht von menschlichem Versagen aus, haben sie geschrieben, Kreisky, sag ich zu ihm«, sagt der Herr Norbert und zeigt dabei mit seinem ausgestreckten Zeigefinger auf den Lebensberater.

Vielleicht hätte man sie noch retten können, hat der Schaffner zum Probodnig gesagt. Da bin ich mir fast sicher. Wer weiß das schon so genau? Wenn sie nicht gleich nach der Abfahrt vom Südbahnhof und nach dem Zwicken der Fahrkarte eingeschlafen wäre. Vielleicht wäre ihr dann schlecht geworden und sie hätte gesagt: Entschuldigen Sie bitte, Herr Schaffner, mir ist schlecht. Das passiert ja öfter, dass einem Fahrgast schlecht wird über den Semmering. Da hab ich schon Routine. Aber sie hat sich ja unbedingt in ein leeres Abteil setzen müssen. Hat mich noch gebeten, sie zu einem Abteil zu begleiten, wo sich höchstwahrscheinlich keiner dazusetzen würde. Bestimmt hätte ich sonst noch rechtzeitig Hilfe holen können und sie wäre jetzt noch am Leben. Wie man so leichtfertig und unverantwortlich mit seinem Leben umgehen kann. Sein Leben so sinnlos aufs Spiel zu setzen, also wirklich. Und dann die Verzögerung, die dadurch unnötigerweise hervorgerufen wurde. Das hätte alles nicht sein müssen. Und dann heißt es wieder: Ja ja, die ÖBB'ler, typisch Beamte. Pünktlich sind die nur, wenn sie sich um halb acht in der Früh das erste Bier aufreißen und so weiter. Das kennt man ja. Diese Gehässigkeiten. Dass einem in Wirklichkeit während der Fahrt die Leute ausbluten, das interessiert wieder keinen. Danach fragt hinterher kein Mensch. Der Vorhang hat natürlich auch zu sein müssen. Ausdrücklich hat sie darauf bestanden, dass der Vorhang die ganze Fahrt zugezogen bleibt. Dabei versuche ich sowieso so diskret wie möglich zu sein. Die Leute in den Abteilen nur zu stören, wenn die Karten zum Zwicken sind. Mit dem Vorhang habe ich dann notdürftig das Blut auftunken müssen. So kann man das ja nicht lassen. Irgendwann ist ja auch der dickste Polster angesoffen, dass nichts mehr geht. Man glaubt ja nicht, wie viel Blut in so einem Menschen drinnen ist. Bis es einmal heraußen ist aus ihm, dann sieht man es. Da saugt sich der dicke Rock, die Strumpfhose und der Sitzpolster voll und noch immer rinnt eine solche Menge auf den Boden, dass eine richtige Lacke daraus wird, die man mit dem Abteilvorhang kaum wegwischen kann. Und das Klopapier in den Zugklos ist so dünn, dass es sich beim Auftunken sofort in der Blutsuppe auflöst.

ROT, ROT, ROT SIND ALLE MEINE KLEIDER, hat die Mutter dem Norbert immer vorgesungen.

Der Probodnig hat dann eine angeblich schöne Messe in der Pichlberger Pfarrkirche abgehalten, wie er im seinerzeitigen Brief an den Norbert geschrieben hat. Der Leitenbauer hat sogar einen Leichenschmaus ausgerichtet, was der Leitenbauerin gar nicht recht gewesen ist wegen der Kosten, die ihrer Meinung nach unnütz gewesen sind, weil, was gibt es Unnötigeres als für einen fremden Tod ein Geld hinzulegen. An den Tischen hat man überall hören können, das arme Kind und die arme Frau und der arme Schaffner, der sie gefunden hat. So was vergisst man ja sein Lebtag nicht mehr. Blutbad hat man gehört und abgegangenes Kind und tragisch. Tragisch. Immer wieder: Tragisch. Ein tragisches Unglück und wie denn so etwas überhaupt passieren kann. Dabei ist sie ja noch so jung gewesen. Das geht einem einfach nicht ein.

»Alles löst sich auf, Kreisky. Nur nicht in WOHLGEFALLEN, wie die Mutter immer gesagt hat, sondern in gar nichts. Wie sich auch die Therapiesitzungen bald in gar nichts auflösen werden. Es ist sowieso nie alles gesagt. Nie ist alles ausgesprochen. Erst das Ausgesprochene kann bewältigt werden, sagen sie mir, Kreisky. Ein Neustart ist durchaus im Bereich des Möglichen. Eine Abgrenzung von dem. Eine Befreiung, eine Zukunft durchaus auch, sagen sie mir, Kreisky. Das letzte Wort ist noch nicht gesprochen. Eine Abzweigung in eine andere Richtung, die man vorher nicht erkannt hat, kann immer eingeschlagen werden. Alternativen können immer entdeckt werden, sagen sie mir. Weißt du was, Kreisky, sag ich, als ob das Ausgesprochene dann nicht mehr in einem drinnen ist, oder? Als ob das Ausgesprochene dann nicht mehr denkbar ist. Als ob das, was passiert ist, nicht mehr denkbar ist, wirklich wahr. Dabei ist das, was passiert ist, logischerweise immer neu denkbar, oder? Ist das Ausgesprochene immer wieder zu überdenken und immer wieder zu hinterfragen, nicht wahr, Kreisky? Wird dadurch brandaktuell, wie man so schön sagt, und immer wieder aufs Neue erlebbar, das ist ja das Schreckliche! So lange geht das, bis du dich selbst in gar nichts und erst dann in Wohlgefallen auflöst, wirklich wahr«, sagt der Herr Norbert. »Als Erstes lösen sie dein Dienstverhältnis auf. Damit lösen sich automatisch die Kontakte zu deinen Kollegen auf, die dir zwar die Hand schütteln, bevor du aus dem Firmengebäude hinausgehst und dir sagen, wir bleiben in Kontakt oder man sieht sich oder bis bald, von denen du aber natürlich nie mehr wieder etwas hörst und siehst, nicht wahr? Es sei denn aus einem Bericht in der Zeitung oder dem Mund eines Hudin zum Beispiel, wirklich wahr. In Auflösung begriffen bist du auf einmal, Kreisky, nicht wahr?, sag ich. So wie sich dein Girokonto und auch die gerichtliche Weisung bis zur Auflösung der Therapiesitzungen nach sechs Monaten von selbst auflösen. Und du sitzt mit deinem Hund in deiner Wohnung in der Küche auf einem Sessel, der sich auch schon auflöst. Ist doch so, oder etwa nicht? Auf dem Tisch hast du den Brief von der Pensionsversicherungsanstalt liegen. Das Kuvert von dem Brief löst sich auch schon auf. Weil du ihn den ganzen Tag hin und her drehst, ihn faltest, rollst und knickst. Gegen das Licht hältst. Den Brieföffner nimmst und fest entschlossen schon die

Spitze dort, wo der Brief verklebt und von dem vielen Mit-dem-Brieföffner-Hineinstecken schon ausgemergelt ist, hineinsteckst. Du weißt es ja selbst, siehst es ja selbst, Kreisky, nicht wahr? Aber kurz vor dem Aufschlitzen nimmst du ihn doch wieder heraus aus dem Falz. Räumst den Brieföffner weg. In die obere Lade der Küchenkredenz, zwischen den Korkenzieher und die Fingernagelschere, und legst den Brief vor dem Schlafengehen erst recht wieder auf den Küchentisch hin, nicht wahr? Nimmst dir vor dem Schlafengehen vor, ihn gleich morgen nach dem Aufstehen aufzumachen und zu lesen. Gleich nachdem du die Augen aufgemacht hast, daran zu denken, den Brief aufmachen zu müssen, Kreisky, sag ich. Den ersten Gedanken quasi sofort in die Tat umzusetzen, als wirklich Allererstes, noch vor dem Zähneputzen und Aufs-Klo-Gehen, wirklich wahr. Auch wenn du es dir mit Gewalt verhalten musst, nur damit du ja gleich den Brief aufmachen und seinen Inhalt lesen kannst. Ihn endlich lesen, Kreisky, sag ich, damit das Mutmaßen endlich ein Ende hat. Nur heute nicht mehr. Heute zahlt sich die Mühe nicht mehr aus, oder? Der Schock über eine eventuelle Schreckensnachricht, das tu ich mir heute sicher nicht mehr an, Kreisky, sag ich zu ihm. Aber vielleicht ist er ja doch das Gegenteil? Eine Frohbotschaft? Die Bestätigung und Anerkennung einer krankheitswertigen Störung zum Beispiel, das wär ja was, Kreisky, sag ich. Die attestieren sie dir zwar jederzeit bei jeder Sitzung, versichern sie dir sogar, aber natürlich nur mündlich, weil sie vorher ja noch einer amtlichen Prüfung unterzogen werden muss, nicht wahr? Die dir eine Invalidenpension, ein Auskommen sichern täte, Kreisky, sag ich zu ihm, ein Dahinleben. Die die Auflösung aufhalten könnte, auch wenn es nur ein vorübergehendes Aufhalten ist, wie du weißt, Kreisky, sag ich zu ihm, aber trotzdem, immerhin. Da ist es doch viel gescheiter, du wartest bis morgen, wegen der VORFREUDE, die ja die SCHÖNSTE IST, und weil du dir denkst MORGEN IST JA AUCH NOCH EIN TAG, wie die Mutter immer gesagt hat, Kreisky, wirklich wahr«, sagt der Herr Norbert.